真田幸村見参！

園田豪

郁朋社

真田幸村　見参！／目次

装丁／根本　比奈子

真田幸村　見参！

益津ヶ原での鷹狩り

東の山の上に富士の高嶺がくっきりとその姿を現している。雪に覆われた真っ白な富士は雲ひとつ無い冬の空に絵の様に浮かんでいた。

城の背後には竜瓜山系の張り出しである賎機山が迫っている。松に覆われている所為か冬でも緑だ。

徳川家康が将軍職を秀忠に譲り、駿府に隠居すると言うので大規模な駿府城の改修が行われたばかりでなく、静岡平野そのものの改造が行われた。その最大のものは、それまで静岡平野を勝手気ままに幾筋かの流れに分かれて海に注いでいた安倍川を賎機山の西側からそのまま海に直進させる工事だった。これにより、安倍川の氾濫は無くなり駿府の町割が可能となった。それればかりではなく、大湿地だった清水平野が乾いてしっかりとした陸地となり、東海道を含めた整備が進められるようになった。

安倍川の堤を造るのには薩摩藩から届けられた多くの大石が使われた。この護岸は今も薩摩堤と呼ばれている。

家康の構想として安倍川を駿府の西の守りにするだけでなく、南蛮の船や各藩の船が直接駿府城の天主の下まで遡ってこられるようにすることが考えられていた。

さて、元和二年一月二十一日の朝、駿府城の大手門を家康主従十数騎が駆け抜けた。家康のいでたちは勿論狩装束だ。頭上の傘は黒漆の塗り物、若草色に葵の紋を散らした指貫をほぼ覆う行縢《むかはぎ》は鹿皮製で、茶色に白い斑点が美しい。直垂も若草色に葵の紋を散らしたものだが、その上に鷹狩りの際にいつも用いる陣羽織を着用していた。茶、藍、黒、朱、黄などの太目の糸をざっくりと織った布を用いているためか、そのざらっとした感触が家康に好まれていた。従う者も皆、狩装束だ。

大手門を出て橋を渡った騎馬隊は城の正面の大路を西に向け走った。薩摩堤のゆるい坂を上ると目の前は安倍川の流れだ。冬のことで水量はそれほど多くはないが、波を連ねながらの流れは速い。朝のシンと澄み切った空気をさらに研ぎ澄ますような流れである。

家康は堤の上で馬を止めた。そして鐙に乗せた足を踏ん張って腰を浮かせた。この光景を見るのが好きなのである。すうっと息を吸い込んだ。冷たい空気が肺の中に染み、体全体にさわやかさがみなぎった。家康は二度三度と深呼吸を繰り返す。

安倍川を渡った。そのまま進めば東海道で鞠子を経て、蔦の細道と呼ばれた宇津野谷越えになるのだが、安倍川を渡った家康は先頭に立って土手の上を南下し始めた。

「殿、高草越えでございますか」

「む、花沢城にて一休みしてから益津が原に向かうぞ」

「はっ」

海に近づくにつれて安倍川の幅は広くなり、小石の上を浅く水が流れるようになる。波もそれぞれが小さくなり、きらきらと輝き、まるで湖の水面を見るようだ。

やがて眼前に太平洋が広がった。寄せる波の音がど、どおんと響く。

一行は海岸を西に向かった。しかしそのまま海岸を進むわけにはいかなかった。断崖絶壁であるばかりではなく、崩れやすいところから「大崩」の名で呼ばれる難所があるからだ。

大崩の海岸は海中噴火や、海へ玄武岩溶岩が流れ込んだ時にできる枕状溶岩と言う、溶岩の丸い塊の重なりで出来上がっている。この塊と塊の間が風化しやすく、安山岩のがけとは異なり、崩れやすいのだ。

大崩が通れぬために当時の道はやや広い、谷あいの小坂を抜けていた。

家康の一行は小坂の村を駆け抜けると高草山を登り始めた。花沢越えと呼ばれる道だ。この道は古くはヤマトタケルも使ったという古代の東海道なのだ。東海道といっても細い道だ。幅は一・五メートルほどしかない。

暫く登ると急に前が開けた。眼下から遠く水平線まで太平洋が広がっている。そして焼津から御前崎までの海岸線が波しぶきの白で縁取りされたかのようにくっきりと見える。振り返れば、駿府の城が見え、日本平が見え、そしてその先には富士山がその姿を見せていた。

家康は腰の竹筒の水を飲んだ。日焼けした精悍な顔はとても七十五歳には見えなかった。家来たちは、家康のことを、大坂夏の陣で勝利をおさめ、豊臣家を滅ぼし去って盤石の徳川ができたので若返ったと感じ、噂をしていた。

家康の小姓衆は夏の陣の後に入れ替えられたのでかつての家康のことは知らなかった。皆、存外若い家康を、薬に詳しい健康オタクの所為と思い込んでいたのだ。

益津側に下ると花沢の城砦に出る。花沢には乳観音様があり、そこには木喰上人製作の木彫り像などがあるが、それはまだ家康の時代には無い。

更に下って平野に出る。益津ケ原だ。瀬戸川の東、高草山までの間に小さな村があり田が耕されていた。一月という季節がら、田は乾いていて人馬の移動は楽だった。田の周りには林や草地が広がっていた。家康が度々訪れる鷹狩り場だったのである。

鷹狩りは勢子を指揮して動かし、鳥を追い出し、鷹に襲わせ、獲物に近づく、といった動きで行われる。人馬の移動の難易や、渡河ポイント探し、風向きの判断などなど、戦場での動き、用兵と共通点が多い。それゆえに戦国武将は戦のないときには鷹狩りをして戦場感を養い、維持することに腐心していたのだ。

その日の鷹狩りの成果は薄かった。家康も歳である。無理をせずに瀬戸川の渡河地点に向かった。馬の脚を洗い、それから自分の足を洗った。馬は首を伸ばして水を飲んでいる。傾いた日がやや赤みを帯びた軟らかい光で家康たちを包んだ。長閑な、いかにも平和な光景である。

馬に跨った家康たちは夕暮れの道を走った。行く先は田中城だ。花沢の城砦が花沢越えというメインルートの関所のような役目を果たす山城なのに対して、田中城は藤枝に近い平野の中の完全な平城だ。それだけではなく、田中城は他の城とは全く異なる設計になるものだった。何と城を囲む堀は円形をしていたのだ。それも三重なのだ。古代の環濠集落がそのまま城になったかのような形をしているのだ。

家康一行が田中城に近づく。第一の円形堀に架かる東の橋を一列になって渡る。橋は粗末で且つ狭い。いざ合戦の時にすぐに焼き落とせるようにわざと簡単な造りにしてあるのだ。橋を渡り終えると堀と堀との間の土手を半周回る。橋は九十度或いは百八十度ずらして架けられている。この土手を回っている間に内側から堀を越えて弓隊が矢を射るように考えて造られている。

　二の堀を渡って、更に土手をめぐり、三の堀を渡って漸く城の館に到着した。天主はないが館の角ごとに楼閣が設けられ、見張りの兵が立っている。

「本日の鷹狩りは獲物がちと少なかったのう。さて、夕餉は何とするつもりかの」

　家康が小姓に問いかけた。

「今しがたそのことを尋ねてまいりました」

「で、何と」

「はい、本日は大御所が田中城にお泊りと知って、焼津の網元がとりたての鯛を

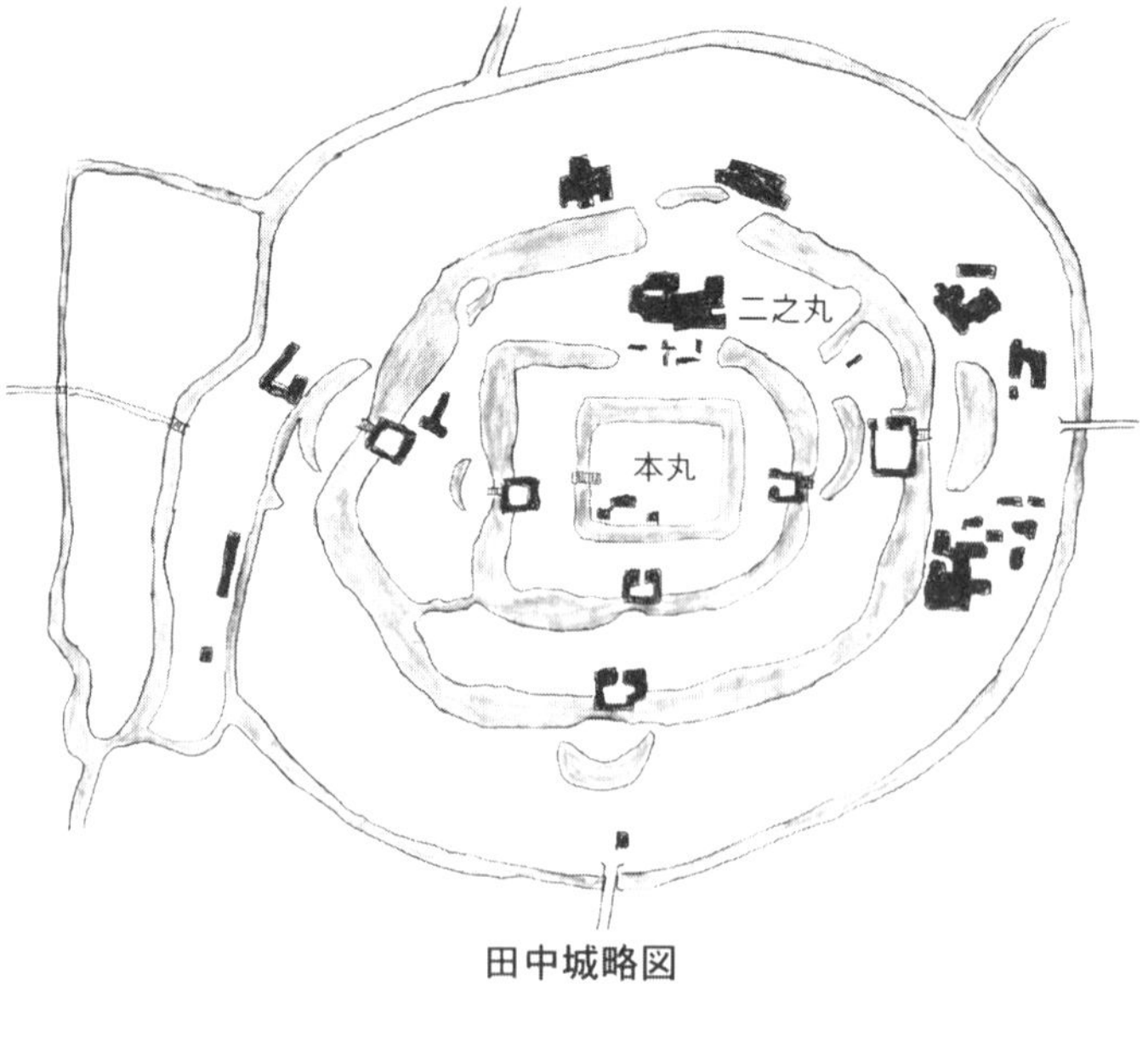

田中城略図

ぼうら一杯届けてまいりましたのでそれを刺身と塩焼きにして、と申しておりましたが」

「う～む、ならぬ、ならぬぞ。よき鯛があるのならばてんぷらにいたして食べようぞ」

「てんぷらにございますか」

「左様じゃ。てんぷらを揚げながら食すことにするぞ。そのこと、すぐに料理場に伝えてまいれ」

暫くすると赤々と輝く炭が家康の居間の囲炉裏に入れられた。そのうえに据えられた鍋にはカヤの油がたっぷりと注がれていた。やがてカヤの油のそこから小さな泡が上がり始めた。かすかにチィ～ンというような音が聞こえる。

「大分油が熱くなってきた様だの。今しばらくじゃ」

家康は鍋の油を見詰めている。以前の家康はこういったときには必ず、油の種類と効能などについて講釈したものだったが、大坂夏の陣から戻ってからはあまり講釈をしなくなった。周りの者はそれを歳のせいだと思っていた。

「もう良かろう」

そういうと家康は自ら箸で鯛の切り身を摘みあげると、鍋の油の中に泳がせた。一旦沈んだ鯛の切り身はやがて浮かび上がり、周囲に小さな泡を作り続けた。

切り身の色がキツネ色に変ってきた。ぷ〜んと熱加工された鯛の香りが漂ってくる。

「そろそろ食べ時じゃな」

家康は鍋の中から鯛の切り身をつまみあげると皿の上に移した。

「どれどれ」

家康が切り身をつまみあげて口に運んだ。

「美味い、これは美味いぞ。明日にでもこの鯛を届けてくれた漁師どもに褒美を遣わさねばの」

と言いながら家康は椀を手にした。椀は鯛の中落ちの潮造りだ。椀の端からすすりこむ。

何ともいえぬ塩味に鯛の出しのうまみが奥からにじみ出る感じだ。

「これも美味い、最高じゃ。やはり潮は鯛か鋒鋩《ほうぼう》じゃの」

そうなのだ。駿河湾で獲れる鋒鋩は身はうす造りで、頭と中落ちは潮汁が一番美味いのだ。

家康は元々健啖家だ。次々に食べた。そして満足して寝所に入った。昼間鷹狩りで意識が興奮し、夕食の鯛のてんぷらで胃腸が興奮した。すぐになど寝付けるわけがない。布団の脇には、黒髪を解いて肩に流した白い寝巻き姿の若い女がきちっと正座していた。

如何に温暖な気候の駿河の国とは言え、一月の夜の気温は低かった。寝所の端には囲炉裏が切られ、粗朶が炎をあげて燃えていた。そのために外と比べれば室内はかなり暖かかった。とは言っても現代の屋内の暖かさとは違ってひんやりしている。

「鷹狩りで疲れた。腰を揉んでくりょ」

家康は布団に入りながらそう言った。

「あい」

女は家康にかぶせられている掛け布団の下に両腕を差し込んで家康の背から腰の辺りを擦り、揉んだ。家康は黙っている。もう七十歳を過ぎた老人なのだ。しかしまだ鷹狩りをするほどの元気を持っている。

「もう良いぞ、中に入れ」

と、突然家康は言うと女を夜具の中に引きずり込んだ。

……まさか、こんな年寄りが本気でしようとするのか……

女は半信半疑で寝巻きを脱ぎ、一糸まとわぬ姿で家康の脇に横たわった。家康は女の上にのしかかって、そして……、

「う、う〜む」

突如、家康の口からうめき声が漏れた。自らの体を支えられなくなった家康の重さが女の

腹にずしりとかかった。

「殿、殿、大御所様、如何なされてございます」

「う～む。苦しい」

女は必死で家康の体の下から逃れ出ると、

「だ、誰か～。殿が、殿が大変じゃ～」

と叫んだ。

だ、だ、だ、だっと寝所に駆けつけてくる足音がする。

「何事じゃ」

と言う声と同時に寝所の板戸が開いた。

飛び込んできた小姓は腹に手を当てて冷や汗を流している家康を抱え起こし、

「大御所、お気を確かに。今薬師を呼びまする」

と言い、

「誰か、大御所様には腹痛なるぞ。薬師を呼べ。急ぎ呼び出せ」

と叫んだ。

医者が呼ばれた。その診立ては、夕食の鯛のてんぷらに当たったというものだった。小姓たちは不思議がった。焼津の網元から献上された鯛を食べた者は十数人に及ぶが食中毒の様になったのは家康一人なのである。そういった疑問に医者は、

「同じものを食しても当たる者と当たらぬ者がおる。大御所様は如何にお元気といえども御歳七十歳を超えるご老人じゃ。一人だけ当たったとしても何の不思議もないわ」

と言い切った。

当の本人の家康は「う〜む」と苦しがることはあっても、他の事は何も言わなかった。既に何かを悟ったかのような感じだった。

部屋の隅では、大急ぎで寝巻きを着た女が震えていた。このような重大な状況を見たからには命はないものと考えていたのだ。

布団に横たわった家康が力なく言った。

「そこの女のてんぷらの衣をはがしていざ食べようという時に俄かの腹痛とは、返す返すも心残りじゃ。せめて今宵は添い寝をいたせ」

小姓が女の方を振り返ってあごをしゃくった。女は恐る恐る布団に近づき、そっと中に入った。それを家康は引き寄せた。女の体温で腹を温めようとしているのだろう。左下腹がそのときは氷の様に冷たくなっていたのである。

小姓はいったん部屋を抜け出すと、警護の者に、

「急ぎ駿府におわす、本多正信殿に使者を出せ」

「この夜分に、でございますか」

「そうじゃ。大御所様の俄かのご病気であれば夜分も明け方もない。今すぐ使者を送れ、早馬にてな」

「それで口上は」

「大御所様田中城にて夕食に鯛のてんぷらを食されしが、これに当たり候、ただいま薬師の手当てござ候。明日の鷹狩りは取りやめるべく候間、明日は駿府に戻るべく候、で良かろう」

「かしこまり申した」

すぐに早馬が田中城を走り出た。宇津野谷峠ではなく花沢越えをするようだ。宇津野谷の道は馬が走れるような道ではないのだ。

一刻もしないうちに早馬は駿府の本多屋敷に駆け込んだ。

「田中城よりの火急の使者にござります。本多の殿に至急お目通りを」

と使者が言うや、

「こちらに」

と奥の部屋に通された。

廊下には燭台が置かれ、明るい。……こんな夜更けに何故……、使者は疑問に感じた。

……まるで、早馬の到着を待っていたようではないか。

部屋に入ってすぐに脇の襖が開いて本多正信が現れ、上座に座った。寝巻きではなく着物の上に綿入れを羽織った姿だ。今まで起きていたような気配である。

「早馬ご苦労。この夜更けに火急の用とは、大御所様に何かあったか」

「はっ、大御所……、様……、には……」

「誰かある。使者に水を飲ませよ」

すぐに水が届けられ、使者は喉を鳴らして水を飲んだ。息が鎮まってきた。

「良かろう、落ち着いて話せ。何があったのじゃ」

「は、大御所様には寝所に入られてすぐに腹痛を催されました。典医の診立ては夕餉に食べた鯛のてんぷらに当たったというもので」

「てんぷらを食した者は他にもおろう。その者たちの様子は如何に」

「腹痛を催したのは大御所一人。典医はご高齢故と申しておりまするが」

「大御所だけが腹痛とは面妖な。寝所には女はおったか」

「おりました。夜具の中で裸になって大御所に組みしかれておりました」

「組み敷いた時に腹痛になったのじゃな」

「そのとおりで」

「女を調べたであろうな。大御所と共におったのはその女だけ。身元は確かか」

「は、藤枝の名主の娘にございます。すぐに全身を調べました。口の中は勿論、隠しどころの中までも調べましたが何も怪しきものは見つかりませなんだ」

「ともあれ、大御所を駿府に連れ戻さねばの」

「そのことなれば、典医より明日にも駿府にお戻りいただくべしと申し渡されておりますれば」

「明日、この駿府に戻られるのじゃな」

「は、輿にてお戻りになられましょう」

「良し、使者の趣ご苦労であった。今宵は駿府で休み、明日田中城に戻るが良い。大御所がお戻りになる途中まで駿府よりも迎えを出すことにいたす」

使者が退出するのを見届けて、本多正信は咳き込み気味に言った。

「幽斎はおるか」

「御前に」

音もせず、風も起こさず、まるで空気に溶け込んだかのように幽斎が正信の前に座っていた。

「大御所が鯛のてんぷらに当たられたそうな。明日駿府に戻られる。余りお苦しみにならぬようにな」

「心得てございます」

「で、どのくらい掛かるか」

「ほぼ三ケ月なれば、四月には」

「それでよい。大御所も既に覚悟はおできであろう」

大御所が倒れたというのにまるで既に運命が定められているとでも言うような口ぶりだ。

「典医には言い聞かせたのか」

正信が続けた。

「いえ、できる限りこのようなことは知らさぬことが肝心にございましょう」

「ならば典医は本気で大御所だけが鯛のてんぷらに当たられたと……」

「左様にうまくいく筈がございませぬ。典医は本物ではございませぬ。わが手の者が典医に成り代わっておったのでございます」

「よう典医に化けて気付かれなんだものよ、のう」

「顔を変え、声を似せるなどはたやすいことでございますれば」

「とにかく初手はうまく運んだ。わしの命も長くはない。なんとしてもお約束を果たさねばならんのだ。頼むぞ」

「承知いたしております」

ふと、気配が消えた。幽斎が闇に溶け込んだのだ。

影武者のお役目

翌日、駿府の城に家康が帰ってきた。昨日出かけるときは馬に跨って颯爽としていたのだが、今は輿に乗っての帰城だ。

家康は真っ直ぐ奥の座敷に輿に載せられたまま運ばれた。そしてそのまま夜具の中に身を横たえた。顔色は良くない。鯛のてんぷらに当たったというが、下痢が激しいわけでもない。むしろ鉛や水銀の入った毒に当たったった症状に似ていた。

家康が気がついたときにはすぐ目の前に本多正信が座っていた。

「大御所。気が付いたようでございますな」

正信はそう言うと、家康の周りにいた医者や小姓に向かって、

「大御所様と内々の話がある。者ども席をはずせ」

と言い放った。

本多正信は既に七十八歳、よぼよぼの老人だ。それが何時になく大きく、明瞭な声で命じたのに驚いて皆、急いで部屋を出ていった。

「大御所様。お加減はいかがかな」

その声に大御所は目を開けた。そして周りに余人の居ぬのを確認すると体を起こしかけた。

「いや、そのまま、そのまま、横になっておられよ」

本多正信は大御所家康から友と呼ばれる関係にあった。しかし正信がこのような言い方を家康にしたことはなかった。

「忝い。いよいよ最後のお役目の時が到来したようじゃの。大御所の代わりを務めて既に九ヶ月、大御所様のお言いつけも既に行われ、徳川の世も安泰となればそろそろ用済み、長く生きてぼろが出るのは避けるべきゆえ、遅かれ早かれかくなるとは覚悟をしておった。影武者としてのお役目を成し遂げる時でござるな」

「大御所様のお言いつけをなし終わったというだけではない。この正信も既に齢七十八になり申す。命は風前の灯なれば我が命のあるうちに降ろさねばならぬ幕なのでござるよ」

「そのこと、よう心得てござる。亡き大御所様との約束であれば、如何にしてもなし終わらねばならぬ。その気持ちはそれがしとて同じでござる。昨日田中城において鯛のてんぷらに我一人当たりしとき、時機到来を悟り申した。それでこれより死するまでの間何をどうすれば良い」

「何もすることはもうない。江戸の将軍秀忠様には内々お知らせ申すが、この大御所ご病気のことは、他へは暫く知らせぬつもりじゃ。大御所と旧知の大名家来どもが見舞いに押しかけては、影殿がゆっくり死ねまい。暫くすると本当に病篤き状態になろう。そうしたらもう話どころではない。誰にも会わずに済まそうではないか」

「相分かった。それで何時死ぬことになっておるのだ」

「大御所様のご命日であれば一番良い」

「すると五月の七日か」

「さよう。できる限りそうなる様に薬を調合させるが、そうピタリとあわせるわけにもいかんだろう。そのことは我等に任せればよい」

「それにしても思い出しますなぁ、あの日のことを」

「おお、大坂攻め夏の陣のあの日のことか」

「わが軍は総崩れ、大御所の本陣まで崩れて、ついには真田幸村が黒い馬に赤の鎧をまとって正面に現れ、大御所の前で防ぐ者を次々に槍の穂先にかけて突き崩した時には肝を冷やしましたぞ。その姿が大きな魔王の如く感ぜられました」

「その直ぐ後であったな、真田幸村の十文字槍が大御所のわき腹を刺したのは。百錬練磨の大御所も太刀を抜いて真田幸村の繰り出す十文字槍を防ごうとしたが、敵は馬の上から岩をも貫けとばかり繰り出してくる。戦場での太刀など所詮は首切り道具、槍の前には払うのが精一杯、とうとう真田の十文字槍が大御所を刺し申した」

「真田は止めを刺し、首を取らんとしたが、本陣の旗本どもも漸くに正気に返って大御所と真田幸村との間に割って入り、槍ぶすまを作って真田を遠ざけたところ、朝方より働きづめの真田幸村も疲れ切っており、槍ぶすまを突破できざりき」

「それからが大変でござったのう」

「そうよ。すでに本陣が壊滅して三里も敗走し、陣の立て直しもままならぬ中、大御所を戸板に乗せて逃げに逃げたり。その間大御所は、この槍傷では真田を防ぎきれぬ。いざ腹を切ると何度も仰せになり申した」

「しかし、大御所に腹を召されては戦は負けじゃ。わしは七十七歳にもなって大御所の傍を逃げながら、ここで死んだら負け戦、徳川をどうする気じゃ。生きよ、と叫んだわ」

「漸く河内長野まで逃げて、真田が諦めて引いたのが分かり、暫時休息を取った。大御所のわき腹の傷は深く、お命にかかわると思われた。そしてようよう落ち着かれた大御所が下知を再び出されたのだ」

「影武者を立てよ、と申されたのであろう」

「そうじゃ。それゆえ貴殿が大御所として脇に馬印を立て泰然自若として存在することになったのじゃ」

「そこからが大変じゃったのであろう」

「いかにも。我らは河内長野にて荷車を探し、茣蓙を敷き、大御所を横たえ、戦場を避けて堺に向かったのじゃ。勿論旗本の一部を警護に連れてだ」

「何故堺に向かったのでござるか」

「それは、堺は堀に囲まれた町だ。それにルソンにまでも行ける船も港にある。いざとなれば船で脱出して駿府に戻ることもできよう。更に、堺には城郭並みの寺が多くあるので大坂方の攻撃を受けたときにも戦える」

「それで、大御所は何処に」

「堺の南側にある南宗寺に運んだ」

「堺の寺は前日の戦で燃えていたのではないか」

「そのとおりだ。南宗寺も例外ではない。殆どの堂宇は焼け落ちていたが僅かに屋根の残ったものもあった。それに、南宗寺は主要部の周りに堀がめぐらされておってな、守りの点では他の寺より優れていたのだ」

「大御所はそこでみまかられたのか」

「左様。徳川の世を安泰にするためのご遺言を残してな」

「その時の様子を今生の思い出に聞かせてはくれぬか」

「良かろう」

本多正信は枕元で語り始めた。

徳川家康の最期

堺の土居川沿いの道を荷車を中心にした一団が走っている。騎馬武者が二十名ほど、後は槍、鉄砲、弓などの戦闘員が数百いる。鎧に血糊の付いた様子、泥と埃にまみれた顔などから相当激しい戦闘を経てきたものと見受けられる。

堺の住民たちがそれを見て不思議そうな顔をした。

「何やろか、あれは。荷車の上の人はごっつう偉い位の大将やろか」

「ほうやろ。それでのうては騎馬武者やら何やらこんなに仰山付いてくるわけないわ」

「せや、それに違いないでぇ。あら、相当傷が重いんとちゃうやろか。それにしても何処行く気ぃやろかな」

「何処かの寺に入って傷の手当をするんとちゃうか」

一団はやがて土居川にかかる橋を渡って堺の街に入った。そして土居川に面して建てられている南宗寺の山門をくぐった。

「濠の内側に入れ。濠の築地塀に銃眼を開けよ。警護を固めよ」

その指示に鉄砲隊と弓隊が動いた。南宗寺の築地塀には直ぐに穴があけられそれらが銃眼となった。

大御所を乗せた荷車は奥の開山堂の前に停まった。

「医者は探してきたか」

「堺の街中で隠れておった医者を発見、これに引き連れましてござる」

連れられてきた医者が前に出た。

「直ぐに傷を診よ。そして手当てをいたせ」

本多正信の静かな声が却って凄みを感じさせた。小姓どもが大御所の鎧を脱がせた。鎧の胴には金泥で描いた三つ葉葵の紋が輝いている。

「おお、これは三つ葉葵。徳川様の……。もしやこの方は……」

「言うてはならぬ。知ってもならぬ。それはお手前の身の為でもござるぞ」

「よう、分かりましてござります る」

医者は開山堂の階段の上に寝かされた大御所に近づき、傷の周りの衣服をめくり、中を見た。

一目でわき腹が槍で刺されたと分かった。わき腹にやや扁平な傷があり、そこから今も血がにじみ出ている。既に相当の出血をしたと見えて大御所の顔面は蒼白だ。

「きれいな水と焼酎などございますまいか」

「用意してござる」

本多正信があごをしゃくると、水と焼酎、それに白い木綿布が医者に渡された。

七割がたの建物が焼け落ち、まだ煙を上げている箇所も多く、開山堂にも煙が漂ってきている。

医者は大御所の傷を水で洗い、焼酎で消毒した。それから傷を塞ぐように腹を木綿布でぐるぐる巻きにした。そして大御所の両の手の脈を取りながら、じっと目を閉じた。脈で全てを読む、漢方の基本である。

医者は本多正信に向かって聞いた。

「傷を受けられたのは何時頃でございますか」

「今より二刻ほど前じゃ」

「流れた血が多すぎますように見受けられ申すが」

「それで容態はどうかの」

「なかなか……」

「何とかいたせ。いたさぬと……」

本多正信の家来がそう言うなり刀に手をかけた。

「正信……」

大御所がうめき声と間違うような声で本田正信を呼んだ。

「大御所、お気を確かに。正信はこれにございますぞ」

本多正信は邪魔になる刀を外して大御所のすぐ傍ににじり寄った。

「医者を責めるな。わしは血を流しすぎた。もはや助かる命ではないことはわしが一番知っておる。浜松での挙兵以来、数え切れぬほどの負傷者と死人を見てきた。どれだけの傷で死ぬものかは良く分かっておる」

家康はかすれる声で言った。

「殿、お気を確かになされませ」

「良いのだ、正信。だがこの家康言い残すことがある。正信、わしの腰の印籠より黒い丸薬を取り出せ。それを飲めば暫くは命がもとうぞ」

「ただいま」

印籠の丸薬を家康の口に含ませ、竹筒の水を飲ませる正信はまるで赤子の世話をしている父親のようである。そう、家康と正信は、家康が「友」と正信を呼ぶ昔々からの関係なのだ。特に家康が身を立てる以前からの盟友酒井忠次が先年他界してからと言うもの、正信を常にそばにおいて何事につけ相談していた。明らかに、将軍秀忠よりも信頼をおいていたといえよう。

薬と水を飲んだ大御所家康は少し落ち着いた。薬オタク、健康オタクだった家康が自ら持ち歩いていた丸薬の効き目は絶大だったのだ。

「これよりはわしの遺言じゃ。正信だけに言い残すゆえに余の者は控えておれ」

大御所の命に、居並ぶ者たちは三間ほど下がった。

「良いか、わしの死はこれを隠せ。影武者を立て、わしが存命にて大坂方に勝ったことにせよ。さもなくば、必ず天下は再び乱れる」

「御意」

「次に、豊家を根絶やしにせよ。秀頼は言うに及ばず、淀殿、秀頼の子など親類縁者に至るまで切れ。また、大坂方の大名どもも詮議の上処断せよ。何時また豊家再興などと言い出すやもしれぬ」

「承知仕った」

「次に、わしの命を奪った真田幸村じゃが……」

「一族全て探し出し、切り捨てまする」

「ならぬ。十万を超えるわが軍勢の中に、たったの三千余の兵を率いて突入し、天晴れわしを十文字槍で刺しおった。あれこそ真の武士、日本一の武将ぞ。その血を絶やしてはならぬ。男子はおめおめと生きてはおるまいが女子は何処かに隠れおろう。確か真田幸村には娘がいた筈、草の根分けて探し出せ。そしてな、わが軍一の武将、伊達政宗の家来にその人ありと謳われる片倉小十郎の倅の嫁とせよ」

「探すのも、生かしておくのもできまするが、片倉小十郎の倅の嫁にするのはできますかどうか」

「そうしてくれ。英雄と英雄の血を混ぜていまだかつてないような英雄を作ってみたいのじゃ」

「そこまで殿がお望みならば左様いたしましょう」

「さて、明智光秀の仇でもある豊臣家を滅ぼし終わった後は、豊国神社を破却せよ。豊臣を祭ることは許さぬと天下に触れよ」

「御意」

「次に、豊臣の世は終わり、徳川の世となる。豊臣の如く短い世ではのうて幾世にも及ぶ長い治世とする。日本国の隅々にまで徳川の世になったと宣言するために改元せよ」

「とは言うても、改元は朝廷の専権にございますれば」

「知っておるわ。それゆえのう、まずは禁中并公家諸法度を定めるのよ。その中で全てに幕府の同意、賛同を得て、とするのじゃ」

「なるほど。表向きはともかく、その実幕府が全てを取り仕切る。分かり申した。法度の起草を急ぐようにいたしまする。それでなんと改元いたしましょうや」

「元和といたせ。これよりの世は戦のない平和なものになるとの思いをこめてな。大名同士、宗門同士、そして源平の争いなどをなくし争いのない世を作るのじゃ。明智光秀との約定を守らねばならぬのだ」

「和の元で元和。しかと承り申した。後水尾天皇に否やは申させませぬぞ」

「それでよい。次は諸国の城のことだ。諸国にはそれこそ膨大な数の城がある。平和が達成された今、そんなに多い城や砦は必要ない。一国に一城とし、残りの城や砦はすべて破却せよ」

「それも戦を防ぐことにつながるかもしれませぬな」

「それに、その一城の改築、修築などは全て幕府の許可なくしてはできぬこととせよ。幕府の知らぬところで城に手を入れられてはいざと言う時にまずい。幕府は津々浦々の城のことを全て把握しておかねばならぬ」

「その通りにございますな」

「次は前々から申しておる武家諸法度じゃ。厳しくするは、もし違背する者あれば直ちに改易なり取り潰しができる様にとの心じゃ」

「大分お疲れのご様子、暫時休息されては」

家康の息が大きくなってきていた。

「うむ、ならば薬湯でも飲もうかの」

すぐに薬湯が運ばれてきた。家康はそれをさも美味そうにすすった。少し元気になったように誰もが感じた。

家康は飲み終えた茶碗を転がすと、

「まだ言い残さねばならぬことがある」

と言った。

「何でございましょう」

「宗門のことじゃ。各宗の本寺は仏典の研究を旨とさせよ。間違ってもご政道にかかわるようなことをさせてはならぬ。末寺には葬式のことを取り計らせよ」

「仏門ではない者はいかがいたします」

「神徒は勿論今までどおりで良い。新たに田を開き、村を作るときは必ず神社と寺を建てるのじゃ」

「どちらかに必ず請けさせる訳でございますな」

「百姓は仏門と決まっておるゆえにな。寺は、とにかくあの世のことだけを取り扱うことにするのよ」

「心得てございます」

「その義は天海に相談せよ」

「かしこまって候」

「次は源平がことじゃ。わしは征夷大将軍と共に源氏の長者にも任ぜられた。元々は別所の出、源氏も源氏だが、平氏との和睦もせねば日本はまとめきれぬ。源平の争いを止めるためにも、民よりも百姓を上に置くことを考えたい。平和な徳川の世を続けるためにはそれもせねばならぬと思うておる」

「これも上手く取り計らってみましょう」

徳川の治世の青写真を語り終えた家康は急に疲れが出たように見えた。息が荒くなってきている。

「正信。秀忠に申し伝えよ」

「は」

「家光が二十歳になったときに隠居して家光に将軍職を譲れ、とな」

「申しますが……」

「大丈夫じゃ。秀忠には何故そうするのかを、国松事件の時に良く話してあるゆえ問題なかろう。斎藤内蔵助との約束は必ず果たさねばならぬのじゃ」

「分かり申した」

「合戦の様子はどうじゃ」

「真田幸村は茶臼山の安居神社にて越前の西尾仁右衛門が討ち取ったとのことにございます」

「越前の西尾仁右衛門だと。そのような者の手にたやすく掛かる真田幸村にはあらず。そのようなこと言いふらすことまかりならぬ」

「承知仕りました」

「それで大坂の城は」

「既に秀頼殿、淀殿ともにご生害の由」

家康がぶるっと身震いをした。

「寒うなった。そろそろ正信とも別れの時刻が来たようだ」

「何を……」

「正信。今頼んだことをなし終えたら影は殺せ。そして皆に知られぬうちに久能の山に葬れ。わしの遺骸は鎧を着せてこの寺に葬れ。墓石を立てるな。目印の石一つでよい。影が死んだ後、わが古里に近い日光に小さな宮を建てそこにわしの遺骸をうずめよ。良いな」

「かしこまって候」

「ならば正信。長き夢であったが、終に豊臣も滅ぼした。思い残すこともはやない。正信、さらばじゃ」

そう言い終わると家康は大きく息を吸い込んだ。そしてそこで呼吸が止まった。そして、二度と息を吸う事はなかった。

「大御所……」

呼びかけた本多正信の目から涙があふれ、頬を伝って流れ落ちた。幾多の戦で槍傷に死ん

でいった者を多く見てきた本多正信には、家康の土気色の顔色だけで既に死んだことが分かった。それでも、

「医者をこれに、急げ」

と、医者を呼んだ。そして、

「大御所を診よ」

と、叫んだ。

その緊迫した声に、敵を警戒して築地塀に隠れるようにして見張る兵たちが振り返った。医者が家康に近づき手の脈を調べた。顔をしかめ、眉を寄せ、俯き加減に脈に神経を集中している。

「臨終にございます」

医者は小さな声で本多正信に向かって言った。

「大御所～」

本多正信は半狂乱の様相になった。涙は鼻水混じりとなり、顔はぐちゃぐちゃになっている。そして家康の体にしがみついた。

「何故に年上のわしより先に……」

が、感傷に浸っているわけにはいかなかった。勝ち戦とは言え、ここはまだ戦場のうちなのだ。

「医者を捕らえよ」

本多正信は医者の捕縛を命じた。すぐさま、兵が医者の両腕を取った。

「気の毒だが命を貰うほかない。許せ」

と医者に向かって言うと、続けて、

「この者を切れ。そして十分な金子と共に遺骸を届けてやれ」

と命じた。家康の死を知っている者は生かしておくわけにはいかなかったのだ。

「何をなさいます。私めは何も存じません。何も申しません。命ばかりはお助けを願います」

と、医者は涙を流して懇願する。

「真に相すまぬことを、許してくれ。そなたの言うことも確かだと思うが、他の誰かに刀で脅されればつい話してしまうのもまた人間じゃ。大御所の手当てを頼んでおきながらのこの扱い、酷き限りではあるがやむを得ぬのだ。縁者には必ず我等より礼をいたす。許せ」

本多正信は顎をしゃくった。兵が医者を無理やり歩かせた。医者は身の定めを悟ったのか逆らうことなく、しかし力なく歩き去った。

「これより大御所の仮の埋葬をせねばならぬ。しかも大御所が死したと誰にも知られてはならぬ。ともかくこの寺の住持を探し出せ」

「住持ならばここにおるわ」

本多正信が言い終わらぬうちに本堂の方から一人の僧が現れて言い放った。

「そこもとは」

「この寺は我等が城も同然、そこに断りもなく侵入した上、その城の主に名を問うか。この礼儀知らずが。まずは自らが名乗るべきじゃろう」

本多正信は唸った。正論なのだ。しかし、部下の兵たちは殺気立ち、今にもこの僧に躍りかからんばかりの様子だ。

「待て」

ともかく兵の動きを制した正信は、

「これは失礼をいたした。寺のお堂を血で汚し申し訳なき次第にござる。かく言う拙者は大御所徳川家康公の家来にて本多正信と申す。折り入って御坊にお願いの儀がござる」

と言いながら頭を下げた。

「愚僧はこの南宗寺の住持、沢庵にござる。いざ、承ろう」

「偽らずにお話申そう。ここにて落命いたした者こそ徳川家康その人にござる」

「衣服の紋からそのように推察いたしておった」

「一つには大御所徳川家康の死を秘密にしていただきたい」

「そのようなことは一向に構わぬが……。これだけの者がそれを知っているのではいずれ漏れ出し、世に知れるであろうが」

「既に影武者を立ててござれば、その者こそ大御所となり申す。ここで死したる者は大御所にして大御所にあらず。まさに無名の者として扱いながら、礼を尽くすと言う……」

「禅にては左様なことは日常のこと、お気になさるな。その遺骸を当南宗寺にてお預かり申せばよいのか」

「左様。まずは二年のうちには関東に改葬いたすつもりゆえ、それまでは」

「承知した」

「山内のいずれに埋めるかじゃが、秘密にするからには墓石を立てるわけにもいかぬ。できるだけ隠れた場所に埋めたい。それだけではなく改葬のときにすぐ分かる場所でなくても困る。いずれかよき場所はないか」

「それなれば、臨終の場であるこの開山堂の下に埋めてはどうか。誰も開山堂の下に人が埋められているとは思うまい」

「それは良い考えだが、穴を掘り、棺を埋めればその形跡が残ろうぞ」

「それなれば、埋め終わった後にこの開山堂に火をかけ、焼いてしまえばよい」

「な、何。寺の住持がその寺の開山堂を焼けと申すか」

「いかにも。この開山堂をようくご覧あれ。既にこのたびの戦による火で半ば焼けておる。いずれ取り壊して何時の日か再建するほかない状況じゃ。焼け落ちれば埋めたところも隠れようほどにな」

「左様していただければこの上はない。厚く礼を申すと共に、開山堂の再建は徳川が必ずいたすと約束しようぞ」

「ならば、いざ、支度をなさねば」

家康の遺体は湯で綺麗に清められ、新しい衣服をつけ、髪を整えた上で鎧を着せられた。そして、堺の町で調達された大甕に、愛用の太刀と軍扇と一緒に納められた。甕の蓋は膠で丁寧に固定された。

大甕は開山堂の真下に掘られた穴に入れられた。本多正信が最初に土をかけた。その後は南宗寺まで従ってきた主だった家来が順に土をかけた。

開山堂の裏正面に沢庵が立ち、その後ろに本多正信以下が並んだ。開山堂の下に入れられた柴に火がつけられた。

赤い炎がちろちろと上がった。そして直ぐにそれは大きな炎となり、開山堂を包んだ。

「観自在菩薩、行深般若……」

沢庵の唱える、般若心経が開山堂の下に眠る家康に向かって、その大甕に流れ込んでいくようだ。

やがて、開山堂が焼け落ちた。家康を埋めた場所の上にも大量の黒焦げの柱や梁、すすけた瓦のかけらなどが積み重なった。もう誰もそこに家康の遺骸が埋められているとは気がつかないだろう。

「これでよろしかろう。兵が集まっていては却って怪しまれますぞ。皆退散されよ」

沢庵は厳しい声でそう言った。

「ご尤もじゃ。ならば、あとのことは戦の始末をした上で相談いたす。沢庵殿、お頼み申す」

そう言うと、本多正信は兵を率いて堺の街中に陣を移した。

この南宗寺の開山堂だが、その後再建されたが第二次世界大戦での米軍の爆撃で消失した。しかし、何げない回廊に見せた家康の墓への参道が設けられていたのは確かだし、一寸位置をずらしたところに東照宮があったことも確かだ。

徳川家光が三代将軍となるために二条城に来た時に、この南宗寺に参っているし、同じ時期に二代将軍秀忠も南宗寺にお参りをしている。

徳川幕府の堺奉行は着任時に必ず南宗寺に挨拶に来るのが慣わしだし、南宗寺の東照宮には門といい塀といい、各所に葵の紋が使われている。徳川時代において、葵の紋の使用は幕府が認めた場合のみ許された。それゆえ、この南宗寺が家康の終焉の地であることは間違いないだろう。

もう一つ言えば、現在も開山堂のあったところには何の記述もない丸い石塔が立っているが、その横の礎石に、幕末に南宗寺を訪れた幕臣山岡鉄太郎（鉄舟）が文字を刻んでいる。いわく「無銘の塔家康に　観自在を　諾す」。

これこそ、ここが家康の終焉の地であり、墓であることの証明であろう。

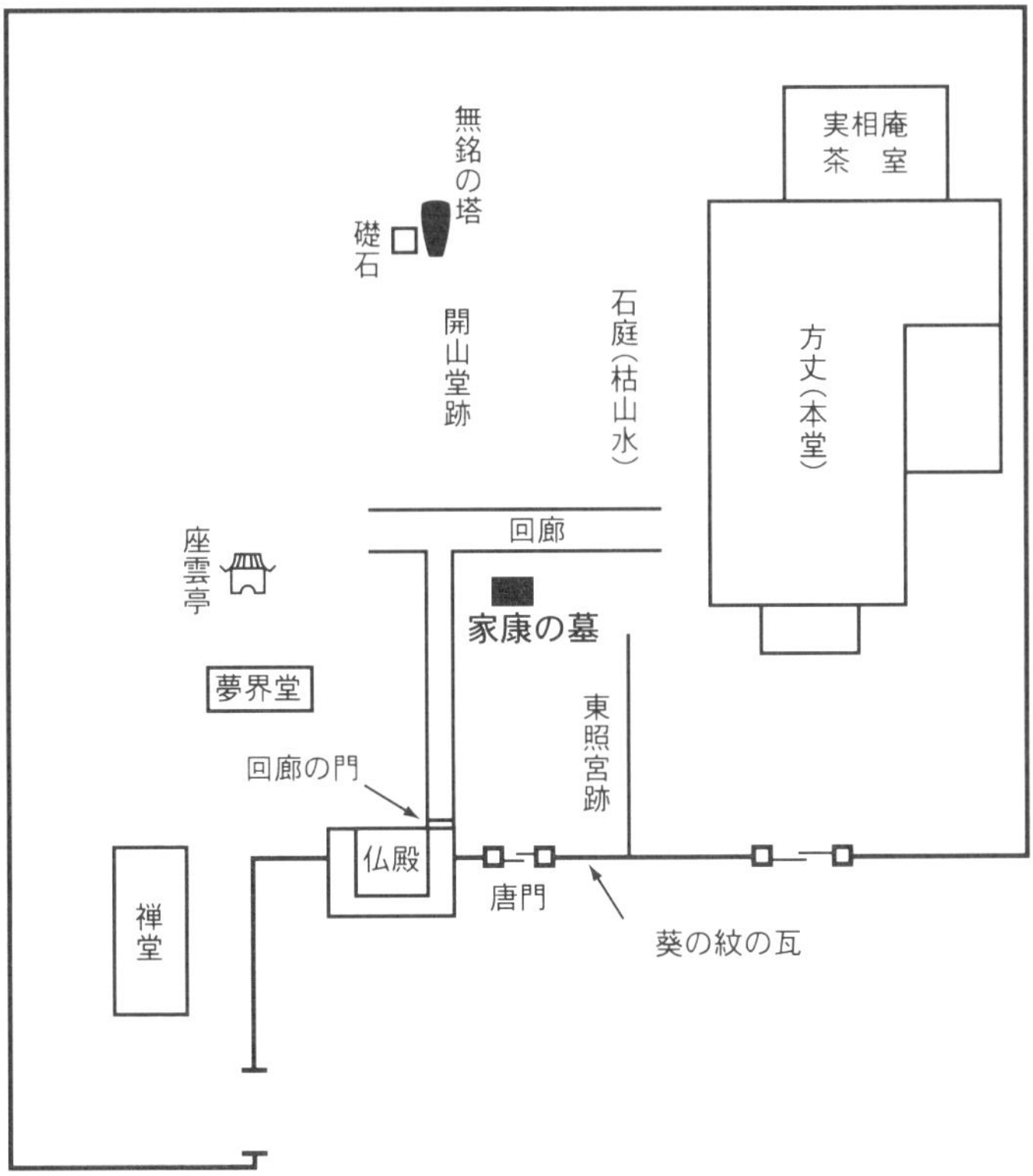

実相庵
茶　室
無銘の塔
礎石
開山堂跡
石庭(枯山水)
方丈(本堂)
回廊
座雲亭
家康の墓
夢界堂
東照宮跡
回廊の門
仏殿
唐門
葵の紋の瓦
禅堂

南宗寺略図

老骨に鞭打って

大坂城の落城と豊臣秀頼と淀殿の自害により大坂夏の陣は終わった。しかし、落城前に大坂城を抜け出た上、身を隠した大名や武将たちの探索が続いた。秀頼の男の子も捉えられ、斬首された。豊臣の血筋を残すなと言う家康の遺言に基く処置であったことは間違いない。

大御所（影武者）は駿府に帰還した。そして徳川の体制固めのために励んだ。といってもそれは表向きのことだった。実際に家康の遺言を成し遂げ、徳川の基盤づくりに励んだのは本多正信だった。大御所は出来上がった書面に署名し花押を書けばそれで良く、あとは、既に無用として命を奪われる日までを楽しんでいればよかった。といっても、家康の好みとことなることはできるわけがなく、ひたすら、新しく傍に仕えさせた女を楽しみ、また鷹狩りに汗を流した。

本多正信は既に七十八歳の老人だった。元和の時代の七十八歳は現代のそれとは違う。いくら戦場で鍛えた気力があっても、体力の衰えはとどめがたく、日々の活動にも支障が出てきていた。特に大坂夏の陣の後は、大御所家康が死んだというショックに加えて、高齢で戦場に出た疲れが出てきていた。

それでも本多正信は、あるときは二代将軍秀忠と、そしてあるときは板倉勝重、天海僧正、金地院崇伝などと相談をしながら家康の遺言の実行者として働きに働いた。

大坂城の落城は慶長二十年五月八日だ。これを元和元年五月八日としている文献があるが間違いだ。元和改元が行われたのは七月十三日だから大坂夏の陣の直後までは慶長二十年の出来事なのである。

大坂夏の陣の戦勝直後に取り組んだのが一国一城令の作成、公布だった。既に準備がしてあったこともあり、何と戦の後約一ヶ月の慶長二十年六月十三日に公布できたのだ。日本の六十四州の一国内にはひとつしか城の存在を認めなかったのだ。

これまで領国内に多くの支城、出城、砦などを築いてきた大名はそれらを破却せざるを得なくなった。それは即、防衛力の大幅な低下を意味し、その分徳川幕府の軍事的優位を明確にした。

仙台伊達藩にても数多の城塞、砦を取り壊した。城というものが築けないので、寺を城の如く堅固なものとして建てることとした。その代表例が松島にある、瑞巌寺だ。

形は寺だが、床は刀や槍が通らないほどの厚い板でできており、仏壇の下には多くの武者が隠れる仕掛けをほどこしている。そして、いざと言う時には松島湾から船で逃亡することも考えられていた。

しかし、深い堀を掘り、高い石垣を組んだ城とは異なり、軍事的には城とは比較にならないものだった。

七月九日には徳川幕府は豊国社の破却を命じている。秀吉を慕う者たちのよりどころをなくしたのだ。太閤秀吉、人たらしの秀吉を慕う戦国武将や庶民の秀吉信仰の中心をなくすことは、秀吉恩顧の者どもが徳川家打倒を企てるのを予防するために必要なことだった。加藤清正が築いた熊本城には秀頼を迎えるための御殿まで作られていたという。朝鮮出兵という無茶があったにもかかわらず秀吉人気はまだ衰えていなかった。それだけ秀吉の人心掌握が素晴らしかったということだった。

七月十三日には慶長から元和への改元が行われた。元和偃武という言葉があるほど、戦のない平和な世を家康が望んでいたことは確かだろう。改元はその象徴的なものだ。

勿論、改元は朝廷の権限であるが、元和への改元が行われた七月十三日の四日後の七月十七日には禁中并公家諸法度が公布されている。この中に改元に関しても幕府の助言によることが定められていることと、公布の前に朝廷と徳川幕府との間の交渉が相当な期間にわたってあった筈ということから、この改元が幕府の要請によってなされたことは明らかだろう。

本多正信は命の最後の炎を燃やし続けた。大御所の遺言を果たすまではと働きに働いた。そして七月二十四日には諸宗本山本寺諸法度を公布した。

これにより、諸宗の本山は仏教の学問としての研究の場所となり、政治を論じ、現世に関与することを禁じられた。末寺はもっぱら死後の世界、すなわち葬式と法事を担当する様になった。結果として、神社系と寺系の争い、すなわち宗教戦争的なものは急激に減っていくことになった。

本多正信にはもう一つやり遂げねばならぬことがあった。それは大御所家康の官位に関することだった。豊臣秀吉は生前、公家の最高位である従一位、関白、太政大臣に任ぜられており、その死に当たっては正一位を遺贈されていた。

徳川家康は文禄五年（一五九六）に従一位内大臣になり、慶長八年には従一位、右大臣、征夷大将軍となったが、秀忠に征夷大将軍（将軍職）を譲ってからは前（先の）右大臣となっていたのだ。影を殺して家康が死んだと宣言をしてもこれでは秀吉が遺贈された正一位は家康には遺贈されまい。

……何としても秀吉と同じ正一位の遺贈を受けられるようにしなければならない。しかも家康が現時点で生きていることにして……、本多正信は京都所司代の板倉をして猛烈な運動をさせた。そして、とうとう家康に対する叙任が決まった。七十五歳になる徳川家康が従一位、太政大臣に任じられたのだ。時に元和二年（一六一六）三月十七日のことだった。

元和二年の三月の末、本多正信は駿府の城で大御所（実際は影）の床の横に座っていた。もう座っているのもきつく、息をするのも辛そうな様子だ。背が丸まっているだけでなく、体が前に傾いている。そしてその体が呼吸のたびに大きく揺れていた。

「影よ。いよいよわしも体が言うことをきかん。残り少ない命となったようじゃ」

「本多殿。太政大臣の叙任も受け取り、いよいよわしの勤めも仕上げに入り申したの。殿の本当のご命日に命が尽きれば影のお役目を完全に果たしたと言うことになり申そう」

「おお、わしもそれが一番じゃと思うて来たがのう。その、五月七日じゃが、わしの命が何処まで持つか分からん様になってまいった。影より先に死ぬわけには参らんのよ。それゆえ、影にはもう少し早めに死んでもらうほかないと思うておる」

「そうか。それなれば早くても良いぞ。亡き大御所様、徳川家のために役立つことこそわれ等家臣の役目じゃ。本多殿はわしの葬儀をし、大御所のご遺骸との入れ替えという大事をせねばならぬ。先に死なれては、大御所様との約束が果たせませぬ。最後の大芝居までを演じきらねばの」

「影よ。影の遺骸はいずれ立派な寺に葬りなおすことになる。徳川のある限り法要もいたすが、名を表向き名乗るわけにも行かぬ。その寂しさだけはこらえてもらいたい」

「勿論承知しておる。影のお役目を引き受け申した時からの覚悟じゃ。一向気にされることはないぞ」

「ならば、四月の中ごろには」

「承知仕った。影となり、図らずも大御所と呼ばれ、殿と呼ばれ、贅沢をし、若き女子も意のままに出来申した。随分良い思いをさせてもろうた。本多殿、お手前も既に七十九歳とか、そう長くはござるまい。お互い、徳川に仕えて面白い生涯を送れましたなぁ。いや、本当に幸せな人生でござった。後のことをよろしくお願い申しますぞ、いずれあの世でじっくり話もできようほどに」

「ならば影殿、さらばでござる」

「うむ、いざあの世で」

それから大御所は日に日に弱っていった。本多正信は倅の正純を呼んだ。

「良いか正純。大御所の命はもう長くはない。その始末をしなければと思ったがわしにできることは大御所の最期を見届けることくらいになってきた。それまで命ながらえることがご奉公となる」

「しかし大御所がなくなられてからの始末がまだまだございましょうに」

「だからこそお前を呼んだのだ。大御所が亡くなったらその日のうちに久能山に葬れ」

「葬儀もせずにでございますか」

「葬儀はの、山王神道にて久能山にて執り行う」

「しかし、将軍家の参列もなしに行うわけには」

「大御所の姿、顔を誰にも見せずに即刻久能山に葬るのじゃ。このことは江戸の将軍家も既にお分かりのことじゃ」

「そうして構わぬとのことですな」

「左様。大御所の顔を知っておる者を近づけてはならんのじゃ。久能山には既に墓を用意してある」

「分かり申した」

「それで、一年の後に日光に社を建ててそこに大御所様のご遺骸をお移し申す」

「日光に移すゆえんは」

「日光は大御所のお父上の生まれた世良田別所に近い。そこに埋めるは大御所のご遺言でもある。またその機会が必要なのじゃ」

「正純も本当の大御所のご遺骸が泉州は堺の南宗寺に隠し埋められておることを知っていよう」

「いかにも」

「良いか。久能山のご遺骸を日光に移すと見せかけて、本当は南宗寺のご遺骸を日光に運び、埋めるのよ」

「しからば久能山の影の遺骸は」

「それは掘り出して臨済寺にでも埋めよ。墓石には何も刻むな。無名でよい。その代わり、寺に申し付けて徳川の続く限り時々の祀りをさせよ。表に出てはならぬが、徳川の礎となった立派な武将ゆえな」

「承知した」

「なお、南宗寺には新たに石碑をたてよ。そして堺奉行に面倒を見るように命ぜよ」

「それでは、夏の陣の時から影を使ったと知られましょうほどに」

「そう思う者があっても仕方がない。既に徳川の天下は磐石じゃ、少しのことでは動ぜぬわ。それでも、大御所様が南宗寺で落命されたことを直接見知った者は殺すか、遠国に流すかせよ」

「まずは南宗寺の沢庵にございますか」

「気の毒じゃがやむを得ぬ。何か理由を見つけていずれかに流せ。但し、豊臣の残党の多いところへは流してはならぬ。心してな」

「十分に気をつけましょう」

「それからもう一つ」

「はっ」

「わしは大御所様からじかにご遺言を戴いた。それゆえ将軍家に対しても憚ることなく申し上げ、ご遺言の実現に努めてまいった。だがの、そのことを知らぬ者どもは、わしが大御所のお傍にあるのを良いことに勝手な振る舞いをしたと思うておる。わしが死ねば、正純、お前に対する風当たりはきつくなるであろう。我らは徳川の礎となるのじゃ。決して出世を望むでないぞ。大きな城、高い石高などどうでも良い、あの世で大御所様にもう一度ご奉公できることこそ望もうではないか」

「承知いたしております」

「ならば、頼むぞ、正純」

言い終わるや、本田正信は寝息を立てて眠り始めた。その後、積年の、特に大御所他界以来の疲れが出たのか、本多正信が起き上がることはなかった。

大御所（影）の死

「大御所、しっかりなされまし」

本多正純の声が響いた。

「むぅーむ。これでお役目は果たしましたぞ」

そう言うと大御所家康は目を閉じた。

「御免」

本多正純はそう言うと大御所の息を確かめた。

「むっ、典医はこれへ」

典医が膝行して大御所に近づく。大御所の手首をとり脈を確かめる。次に胸に耳を近づけて鼓動を確かめる。口許に顔を近づけ息を確かめる。何しろ天下人の死の確認だ。間違いなどあれば命はない。慎重の上に慎重を重ねた。

「ご臨終にございます」

「間違いはござらぬな」

「間違いございません」

「よし、小姓どもを呼べ。それに駿府の家老どももな」

小姓たちは直ぐに集まった。部屋の外の廊下で待機していたからである。

「大御所が今亡くなられた。身を清め、衣服を改め、鎧をお着せ申せ」

本多正純は指示をした。

「はっ、で、ご葬儀は」

「ご遺言により直ちに久能に埋葬いたす。問答は無用。直ちにかかれ」


そこへ、家老どもが集まってきた。

「江戸表に直ぐお知らせし、この後の下知を仰がねばなりますまい」

「江戸表には、大御所死去の知らせを早馬にて知らせよ。しかし下知を仰ぐ必要はない。既に大御所の亡き後のことは大御所より直接この本多正純が承っておる」

「大御所のご遺言は如何に」

「ようく聞き申せ。大御所のご遺骸は本日久能に運び申し、そのまま埋葬いたす」

「な、何と。将軍家も待たず、股肱の家来のお別れもせず、葬儀もなしに埋葬するというか。朝廷からも人を呼び、立派な葬儀をなすべきであろう。大御所は天下人にござるぞ」

「左様なことは百も承知。しかし大御所様のご遺言ぞ。従わぬと申すか。本日の久能への埋葬は仮の埋葬、一年後には日光に廟を建ててご遺骸をお移し申し、改めて天下人の格式をもっての葬儀を行うのじゃ」

「左様なればそうはいたしまするが……」

家老どもは不満そうだった。

「大御所のご遺言を何と心得る。ご遺言に違背したと将軍家に申し上げるがそれでよいか。お前たちの命ばかりか家名断絶となるやもしれぬぞ」

本多正純は大声で言い放った。

「まだ、否やを申すか。返答せい」

家老たちはその声に平伏した。そして、

「全て仰せのとおりにいたしまする」

と声をそろえて答えた。

元和二年四月十七日、駿府の城を出た大御所家康の棺は小姓たちの担ぐ輿に乗せられ、先ずは東に進み、日本平の丘陵に近づくと進路を南にとって進んだ。日本平の丘陵の麓にある大谷街道である。半刻ほどで駿河湾の波が打ち寄せる大谷の海岸に出た。行列は海岸沿いに左に進路をとった。久能街道に入ったのだ。

行列はほんの二〜三百人のもので、見るからに俄かごしらえに見えた。よほど急いだのに違いない。

やがて久能に着いた。正面に見上げるような崖がある。その崖を九十九折に階段が登っている。天然の要害にある久能の城に程近く仮の埋葬地が用意されていた。

輿は横向きにされ、一歩一歩階段を上っていく。それにしてもとても大御所の葬列とは思えない簡素さだった。

久能山への仮埋葬を終えて暫くした元和二年六月七日、既に大役をなし終えてすっかり安心した本多正信は七十九歳の生涯を閉じた。

本多正純は忙しかった。日光東照宮の造営、山王一実神道による葬儀の準備、家康への贈り名など天海や金地院崇伝そして勿論将軍秀忠との相談に奔走した。しかし一番の難問は如何にして泉州堺に埋葬してある本当の家康の遺骸を日光に埋葬し、久能山にある影武者の遺骸を他に移すか、だった。

時に、久能山東照宮には徳川家康以外に二人の武将が祀られている。それは織田信長と豊臣秀吉である。何故この二人が家康の右側と左側に祀られているのか、これも家康の遺言によるものであろう。

織田信長は、家康がわが身と家を守るために殺した相手だ。そして豊臣秀吉は、家康が明智光秀と共に織田信長を倒し天下を掌握しようとした時に、中国大返しによりその企てを打ち破ったばかりか、明智を倒してしまった武将だ。そのために家康は豊臣を根絶やしにした。織田信長と豊臣秀吉という、家康がある意味で尊敬しながらも消し去ってしまった人への特別な思いがあったのだと推察している。

尚、泉州堺の南宗寺に家康の墓があるがその直ぐ向かいの本源院には織田信長と豊臣秀吉が祀られている。この奇妙な一致に意味がないわけはないだろう。

方廣寺大仏殿鐘銘への言いがかり

場面を関が原の戦いの後に戻して、大坂夏の陣で徳川家康が命を落とすまでを振り返ろう。関が原の戦いに大勝した徳川家康は、次は豊臣家を滅亡させようと考えていた。

……思えばこれまでに随分時を費やしてしまった。信長に滅ぼされかけたところを明智光秀と同盟し、本能寺の変を起こし、ついに天下人、織田信長を討ち果たした。しかし、堺より浜松に帰り、急ぎ明智光秀の待つ京へ上ろうとした時に、中国より大返しをした豊臣秀吉に明智軍は大敗をしてしまった。秀吉の余りにも早い大返しはこの家康と明智光秀との信長攻めの密約を知っていたために違いない。已む無く、秀吉の下座に身をおいてきた。しかし、秀吉は既になく、恩顧の者どもも関が原の戦にて大方は討ち果たした。残るは秀頼。これを捨て置いては必ずや将来徳川に仇をなす。天下騒乱も収まらぬ。まして秀頼は織田信長の妹、お市の娘である淀殿の子だ。根絶やしにせねばならぬ……

家康は着々と手を打った。家康も既に高齢、人生の仕上げを急がねばならなかった。家康の無名時代からの友であり家来であった酒井忠次を始めとした徳川四天王、本多平八郎忠勝、榊原康政、井伊直政も既に他界していた。徳川は日の出の時期を過ぎていたのである。徳川草創期を共に戦ってきたのは年上の本多佐渡守正信くらいだった。

慶長八年二月十二日、伏見城において家康は征夷大将軍にして源氏長者に、そして同時に右大臣に任ぜられた。公式に武門の棟梁となったわけである。家康は江戸に幕府を開いた。しかし、同年四月二十二日には豊臣秀頼が内大臣に任ぜられた。更に家康の隠居に伴い慶長十年四月十二日には豊臣秀頼が右大臣に任ぜられている。そして十六日には徳川秀忠が征夷大将軍となった。

数々の合戦を勝ち抜いた徳川家康に比べ、豊臣秀頼はいかにも頼りないのだが、実力とは異なり官位の上では家康と殆ど変らぬ地位を占めていた。豊臣方では実力では叶わぬまでも、我こそは天下人、豊臣秀吉恩顧の者だという自負があった。徳川になど負けるものかという意識が秀吉の残した莫大な財宝の力を借りて頼りない秀頼に高い官位を与えさせたと見るべきだろう。

家康は考えた。思いついたのは、一つは秀頼に孫娘の千姫を娶わせることによって秀頼を孫婿とし、優位に立つことだった。それは実行に移され、まだ七歳の千姫は慶長八年七月二十八日に十一歳の秀頼に輿入れしたのである。

京都方廣寺は豊臣秀吉が創建した寺だ。秀吉は羽柴売り（端柴売り）と言う最下級の身からついには関白という最高の位にまで上り詰めたが、それを可能ならしめた正親町天皇に深く感謝していた。その天皇の禅位に当たって、その感謝の念を形に表そうと天正十四年に建造を開始したのが方廣寺だ。その中心は身の丈十六丈の大仏と高さ二十丈の大仏殿だ。あまりに大きいので大仏殿の棟木が見つからず、ようやく富士山麓で見つけた大木を徳川家康に寄贈してもらって建立した。

その方廣寺は慶長元年閏七月十二日夜の大地震の影響で本尊である大仏が崩れ落ちてしまった。秀吉は大仏が塑像であったからこそ崩れたとし、奈良の大仏のような銅像で作り直そうとした。しかし、大仏の型の頭から溶解した銅を大量に流し込んだ時、型は壊れ、大仏殿も焼け落ちてしまった。慶長七年十二月四日のことである。

徳川家康は豊臣家の財力を少しでも減らすために、この方廣寺の再建を秀頼に勧めた。秀頼は莫大な費用を使って方廣寺の再建をした。しかし、豊臣の財力はこの程度ではびくともしなかった。大坂城には秀吉が蓄えた金銀が山の様に積まれていたのである。

駿府の城から青く輝く駿河灘を眺めながら家康は本多正信に語りかけた。

「千を秀頼に嫁がせてはみたが年長じても情はわかぬ様だの。秀頼は淀殿の言いなりで、千をこの家康が回し物と吹き込まれておるのであろう。思えば千には気の毒をした。いつか取り戻してしかるべきところに縁付けてやらねばの」

「殿、なればこそ急ぎ豊臣を滅ぼさねば」

「千をやっても徳川には顔も向けず、方廣寺の再建に散財させてもあの太閤の莫大な遺産はびくともせぬ。何か他の手立てが必要じゃの」

「豊臣の力の源泉は、先ずはその財宝、次に亡き太閤の名、人奴から関白にまでなったとて民の人気は衰えませぬ。さらには太閤恩顧の大大名たち、加藤肥前守清正、池田三左衛門輝政、浅野紀伊守幸長、浅野長政など未だに秀吉の恩顧を忘れず、何時か秀頼を天下人にと願っておりまする。更に、彼らの籠もる大坂城は、あの豊臣秀吉が考えに考えて造った難攻不落の城でございます。これらが揃っているうちはなかなかに豊臣は滅びませぬ」

「我らもすでに齢七十を過ぎて大分立つ。もはや猶予はなるまい。この柿は熟して自ら落ちるのを待つわけにはいかんのだ。こっちの余命が僅かになってしまっておるもんで」

「ならば、やらまいか、でございますな」

「そうよ、やらまいか、じゃよ。虚空《ソラ》を使こうてもな」

（註）虚空を使う、とは嘘をつくこと。静岡地方の古代からの用法である。


「手段を選ばず、でございますな」

「もう時間がないと言うたのは正信であろうが」

「大坂城内の金銀を使わせる方法は戦しかございますまい。戦ともなれば、浪人どもを集め、武器を集め、食糧を買わねばなりますまい。古今戦ほど物入りのものはございませぬ」

「だが、加藤清正などの剛の者がいては戦に勝てるかが問題じゃ」

「豊臣恩顧の者には戦の前にあの世に行ってもらいましょうぞ」

「とは申せ、簡単に死ぬような者どもではないわ」

「一服盛る以外には方法がございませぬ」

「一服盛る。そんな手が通用するのか」

「饗応役に毒見をさせるのが定法。普通は無理でございますが……」

「それで……」

「毒見役が毒入りの料理を口にすれば奴等も安心して……」

「何、それではわが家臣が命を落として……」

「今はもうそんなことを言っている時ではありますまい。殿のために働くのに命を惜しむ者などこの徳川にはおりますまい」

「命を惜しまぬ働きと、命をなくす働きとでは意味が違うであろうが」

「しかし、あの者どもの息の根を止める方法はそれしかございますまい。何としてもやらせてもらえませぬか」

「……。仕方あるまい。やってみるかの」


この自爆テロとも言うべき作戦は実行に移された。実行者は平岩主計頭親吉だった。伏見城での饗応に来た加藤清正と浅野長政の前で平岩は、

「いざお毒見仕る」

と言うや、椀物から焼き物、煮物など次々に口に放り込んだ。その食べっぷりは、

「いやいやお毒見のことは問題ござらん。共にゆっくり戴こうではござらぬか」

と言わしめるほどだった。


毒の効果はじっくり表れた。慶長十七年四月六日に浅野長政（六十五歳）が死に、六月二十四日には加藤清正（五十歳）が死んだ。勿論承知の上で毒料理を食らった平岩も十二月三十日に死んでいる。

その後、池田輝政と浅野紀伊守幸長に対する饗応が行われ、慶長十八年正月二十五日に池田輝政（五十歳）が死に、間もなく浅野紀伊守幸長（三十八歳）も死んだ。

（註）この毒殺のことは「摂戦実録」に記述がある。

再び駿府城内の家康の居間に戻ろう。

「殿、昨年、秀頼は頼みとする秀吉恩顧の将を失いました」

「うむ、その後毒殺の噂は流れ続けておるか」

「もちろん、豊臣方の主要な大名が相次いで死んだのですから、徳川が毒殺したとの噂は根強く流れております。しかし、饗応役も時を経ずして死んでおりますれば、誰かが毒殺したというううわさになっております」

「噂など流れても構わん。むしろ大いに流れる様にせよ。噂が大きくなればなるほど秀頼というより淀殿の疑心は深まり、大坂城の戦準備をいたすことになろう」

「それは却って我等にとっては好都合。大坂に謀反の動きありと詰問し、戦を仕掛けることができましょう」

「だが、敵も我等に突かれることを避けるべく注意を払っておるようじゃ。このままでは豊臣をこの世から消すことなどできぬ。我らは日ごとに年老いてきておるからの」

「が、殿。今日はなかなかに面白い話が京都所司代の板倉から注進ございましたぞ」

「何、板倉勝重から注進とな。何じゃ、申せ、はよう申せ」

家康は身を乗り出すようにして催促した。どうやって大坂方を攻める理由を見つけようかと日夜考えていたところなのだ。

「今年（慶長十九年）四月十六日に方廣寺の梵鐘を鋳造いたしました」

「その話は前に聞いたではないか」

「それが出来上がりまして、この六月二十八日に撞鐘堂に吊るしましてな、鋳物師棟梁の山城の国三条の釜座弥右衛門を始めとして鋳造にかかわった者から諸国の鋳物師三千百人ばかりなどを集め、大坂の総奉行片桐且元や我が京都所司代板倉勝重も加わっての式がござった」

「左様なことを板倉が注進してまいったと言うのか」

「いやいや、それしきのことなら月々の報告にて十分でございましょうが」

「で、では、何か重要なことでもあったのかその撞鐘堂で」

「重要ではないかもしれませぬが」

「重要でもないかもしれぬが板倉が注進してきたと」

「重要ではないかとも思われまするが、これは重要なことになしうることではないかと思料いたし」

「ええい、まどろっこしい。はよう申せと言うに」

家康はどちらかと言えば沈着冷静なタイプだ。勿論若い時の三方が原の戦などでは頭に血が上っての突撃などもしたが、以降はじっくり型の戦い方が基本になっている。だからこの時の家康は相当に焦れていたと分かる。

「これは悪うござった。お話申し上げるほどに……。実は板倉が鐘銘を手に入れましてな。その中に大坂方に難癖をつける材料になりそうな文言を見つけたというのでございます」

「たとえばどんな文言ぞ」

「たとえば、国家安康」

「国家安康など普通に使う言葉ではないか」

「左様、その通りにございまするが、よ〜くご覧あれ。家康の名前が上下に分断されていると強弁できるのではございませぬか。これは先の征夷大将軍徳川家康に対する呪詛であると」

「うーむ、他愛のないことじゃ。しかしそのようなことで難癖をつけなければとても戦にまではもってゆけまい。正信、天海に鐘銘を仔細に調べ上げる様に命ぜよ。それをもって、板倉から大坂方に詰問状を出させようぞ」

家康の声が弾んでいた。こんな馬鹿げたことでも大きな問題にしてしまえば戦端を開く理由になる。いや、戦端を開く理由に無理やりするまで、と腹を固めたのだ。

「正信、程なく戦になろう。ひそかに支度を開始せよ。そうじゃ、大坂の城の図をここに持って来よ」

徳川家康は気が早い。既に合戦のシミュレーションをしようとしているのだ。しかし、この用意周到を旨とする生き方が今の徳川を作ったのである。

慶長十九年八月三日に豊臣秀頼は京都方廣寺の大仏開眼供養を行おうとしたが、まさに法要の二日前、即ち八月一日に徳川家康はこの法要を行うことを止めさせた。理由は以下の通りである。

＊大仏殿の棟札に、「大坂武運長久、秀頼子孫繁昌を宿願記録し、天下太平国土安穏の文字を掲げず」また「大工棟梁の姓名を載せず」

＊梵鐘の銘に「東迎素月西送斜陽」とあり、また「所庶幾者国家安康」とあるは、秀頼

は徳川家に代わらんとし、我が名を裁断して呪詛を行うものなればこの調伏の挙を実行させるわけにはいかない。


この家康の命に驚いた片桐且元は、ともかく京都所司代の板倉勝重に面談した。

「板倉殿。開眼供養を二日後に控え、導師のご門跡、宮中の方々、諸大名、などは既に近くにご滞在という中に、今更供養を差し止めるとはいかがなことでござるか」

言葉は丁寧でもそれを語る片桐且元の口は震え、体は怒りでわなないていた。

「この開眼供養については、さる五月三日にこの片桐が駿府に参り、大御所家康公にその指揮をお願いし、金地院崇傳の案による大仏供養導師名を家康公から伺い申した。そして京に帰り、開眼供養に参加する公卿他の手配をいたし、その名簿を七月十三日には駿府にお送り致した。八月三日に開眼供養を行うとの日程はこの片桐と板倉殿との二人の名前で家康公にお送りしてあった。七月の十八日には駿府に届いていたはずではないか」

「いかにもその通りでござる。しかしながら、大仏の鐘銘に関東に対する大不敬の文辞があり、大仏殿上棟の日も吉日ではないというではござらんか。駿府よりは大仏殿の棟札と梵鐘の銘の謄本を送れとの沙汰と共に、開眼は八月十八日にせよとの御錠がござった」

片桐は歯軋りをした。

「板倉殿。家康公の御錠とは申すが、八月十八日は豊国大明神の臨時祭の日なれば、かねてからお願いの通り、八月三日に開眼供養をいたしたいとの右大臣秀頼様の請うところであった」

「されば、その旨も駿府に我等の連名にて報告いたしましたぞ」

この報告は七月二十六日に駿府に届いた。しかしその報告が届く前の七月二十一日に徳川家康は本多正純と金地院崇伝を京に派遣し、大仏殿の棟札と梵鐘の銘の不審が少なくないのならば、大仏開眼、供養ともに延期させよ、と命じたのである。こういう行き違いが生じる程、京と駿河のやり取りは多かったのだ。


さて、八月一日、明後日に差し迫った大仏の開眼供養を家康に延期せよと命じられた総奉行片桐且元はとにかく大坂城に急いだ。秀頼に報告するためである。秀頼に会った片桐はすぐさま京に戻り板倉勝重に面談した。

「板倉殿。既に大坂の諸役人は勿論、開眼供養の導師の門跡様を始め多くの僧たちも参集し、大仏殿の周りには多くの見物客に飲食を提供する店も出来上がった。この一日に及んで、いきなり開眼供養を罷りならぬと言うは余りにも無茶と申すもの。そもそもご不審の梵鐘の銘は元々秀頼公の御自作にはあらず。銘文を起草した清韓の不調法と言うべきでござろう。既に諸準備も整っており、今更急に取りやめるわけにもいかぬ状況ゆえ、ここは八月三日に予定通り開眼供養を執り行い、そのことについて万一お咎めを受けるような次第に相成った時には、この片桐且元が一身に責任を負って切腹して相果てる覚悟でござる。何とかそうさせてはもらえまいか」

「それはできぬ。そうすれば、そこもとの申し分は立つでしょうが、この板倉勝重の申し分は立ち申さぬ。この板倉は京都所司代のお役目を仰せつかっておる者、先の将軍家を調伏するものとの疑いのある大仏殿の供養を差し止めずにそのままさせたとあっては手前の一分が立ち申さぬ。この供養の実施はなんとしても認めるわけにはいかぬ」

徳川の許可がなければどんなに準備が整っていようと大仏殿の供養はなしえない。結果として供養は延期となった。

この供養のために集まっていた導師を務めるはずだったご門跡を始めとする僧や民衆はまさにドタキャンと言うべき供養の延期に腰を抜かすほどに驚いた。そして、国家安康という梵鐘の銘文がその原因だとあまねく庶民に至るまでに知られてしまうことになった。

徳川家康に勧められ、幾千万両と数えることもできぬほどの費用を費やしながらその家康に開眼供養を邪魔された豊臣家の落胆と憤怒は甚だしかった。豊臣家の面目は地に落ちてしまったのである。

このときもう一つ問題になっていた大仏殿の棟札には大坂武運長久の願意と秀頼子孫繁昌の祝詞だけを書き記し、しかも書いたのが照高院准后道澄、即ち大工棟梁ではなかった。当時の寺院建築の棟札には「天下太平国土安穏」などの文字を書き、大工棟梁の名前を記すのが普通だった。家康が取り寄せた、南都興福寺南大門、法隆寺持佛堂、聖霊院法華堂などの棟札には全て大工棟梁の署名が記されていた。この異例な棟札が梵鐘の銘と共に特に含意のあるものとして徳川家康に利用されたともいえよう。しかし、当時の徳川と豊臣の関係からは秀頼が知っていたかどうかは別にして、徳川を呪詛する意図が何処かにあったとしてもおかしくはない。

この方廣寺の再建のために諸国から集めた材木類がおびただしく残った。大坂城は豊臣秀吉の築城以来既に三十一年の歳月が経ち、各所に傷みも生じたことからこの材木類を使っての大修理を始めていた。これについては徳川家康の許可を得て行っていたのであるが、同時に多くの浪人どもを雇い入れたのが別に疑念をもたれる一つの要因ともなったのである。

慶長十九年八月十三日、豊臣秀頼の命により片桐且元は梵鐘の銘についての申し開きのために駿府に向かった。そして鞠子の徳願寺に滞在している時に、大御所家康の命により本多正信と僧天海の二人が訪ねてきた。

本多正信が口火を切った。

「片桐殿。方廣寺の大仏殿の棟札と梵鐘の銘の書き様と大坂城中へ兵具を集め、更に名のある浪人どもの召抱えは戦準備だと天下の人々の口々に言うところとなり、今や片桐殿が如何に申し開きをしようと意味のない段階にきてしまっておる」

「左様に仰せられては申すべき言葉もござらん。ならばここにいたって如何がすればよいかお知恵があればお教え下されたい」

「ならば我らの存知よりを三つ申し上げる。一つは、秀頼公から所替えの申し出をされては如何がか。二つには、諸大名がしているように江戸表への参向をなし、その途上にこの駿府に暫く逗留され、折々に先の将軍家康公のご機嫌を伺ってはいかがか。三つは、秀頼公の御母公を江戸表に差し下されてはいかがか」

「な、何と淀君を江戸表に人質に差し出せとまで……」

呻く様に言う片桐且元の言葉を遮るように本多正信の隣に座っていた天海が、

「佐渡守正信が申した三か条のうちの最後のものは、豊臣秀吉公が太閤であらせられた頃、大政所様を岡崎の城に差下されし先例もございますほどに……」

と付け加えた。

「……」

片桐且元は暫し絶句した。そして、

「三か条のこと、家康公のお心と承ってございます。そのこと重く受け止めいたしまするが、この場にてご返答できることにあらず。大坂に立ち戻って相談の上お返事申し上げる所存」

と言うのが精一杯だった。

家康は九月七日、改めて本多正純と金地院崇伝を鞠子の片桐且元の元に差し向けた。家康の口上は、

「片桐且元は元々武人であり、学問が得意なわけではない。それゆえ、鐘銘の問題となるのを知らなかったことは理解できる。この上は関東と大坂の親睦を図ることに専念した方が良い」

というものだった。

このとき大坂城の淀君の命を受け、鐘銘についての申し開きをするために駿府に来ていた

大蔵卿局、正栄尼、二位局の三人のところへも本多正純と金地院崇伝は出向いて同じことを話した。

片桐且元は駿府の徳川家康に謁見したが、家康は片桐且元を予想以上に歓待した。

片桐且元とお局衆が九月十二日に駿府を去ると家康は本多正信、正純父子、天海と金地院崇伝を呼び集めた。

「京都方廣寺の大仏については幾千万両と言う金を大坂に使わせた。少しは豊臣の財力も減ったことであろうよ。その分大坂城に入る浪人どもの数も減るはずじゃ。梵鐘の銘については全くの言いがかりをつけた。国家安康の言葉が家康を分断した呪詛だと言うてな。それにしても天海め、ようも詳しくあら捜しをしたものよ。だが、君臣豊楽とも刻んである。ならば豊臣が転覆する呪詛か、わ、は、は。自らを呪詛する者などいるものか」

大笑いをして家康は言葉を続けた。

「だが、その言いがかりをもって開眼供養の三日前に、既に導師としてお願いしてあったご門跡ほかが集まったところで供養罷りならぬと言ってやった。豊臣秀頼は、徳川の許可なくして何もできぬただの大名だと日本国中に知られ、また大恥をかいたのよ」

「しかし、それでも豊臣は何とか申し開きをして呪詛の気持ちなど全くないと言い続けて参りましたな」

本多正信が静かに一言口を挟んだ。

「何時までも申し開きなどされては困る。わしの命はそうは長くないのじゃからな」

「それは、大御所様……」

四人の口から同時に同じ言葉が出た。

「いや、命がそう長くはないのは自分でも良～く分かっておる。だからこそ、何時までもそんなやり取りはしていられんのよ。大坂にも知恵者はおろう。必ずや、わしの命を考えて時間を稼ごうとする奴がな。そうそうあと幾度も戦場には立てぬと思う」

「いや、大御所の元気なれば……」

四人の言葉はまたまた揃ってしまった。

「いや、そうありたい。然しな、余裕というものを考えておかねばの。そこでじゃ、相手が堪忍できぬようにして戦にもってゆかねばならぬ」

「いかにも……」

「なればこそ秀頼に飲めぬ条件をつけたのよ」

「秀頼の国替えでございますな」

本多正信が言った。大御所家康は自分の発言を取られるのを嫌う。自分が言う前に言われるのが耐えられないのだ。大御所となっても征夷大将軍である秀忠にも遠慮することなくことを進めている。名前など、官位などどうあれ、徳川を作り、発展させたのは家康と既に死んでしまった多くの旗揚げ以来の仲間だったのだ。例外はたった一人、本多正信だけだったのである。

「そうよ。あの大坂城から秀頼を出してしまえば、秀頼など赤子同然。あの大坂城はわしですら恐れた豊臣秀吉が考えに考えて豊臣を永久に天下人にするための不落の城じゃ。逆に言えば、それが分かっておるがために秀頼は国替えには応じられぬと言うわけよ。また、江戸へ時々下向し将軍家に挨拶せよとは徳川の家来だと世に見せよと言う事じゃ。そして最後は決して飲めぬ条件じゃ。淀殿を人質に江戸表に送れとな。普通の女子なれば別じゃが、あの淀殿はな、織田家の血を引くからわしの主筋に当たると思うておるのよ。それに太閤秀吉に従うたわしを家来筋とも思うておるのよ。それにあの生意気な性分、決して人質になどならぬわ」

「ならば、近々戦と……」

「左様、戦となろう。それゆえ家臣の命まで使って加藤清正などの大坂方の大大名を始末

してきた。今は残った大坂方を分裂させるために片桐且元をこれ見よがしに可愛がってお
る。正純にも苦労をかけておる。先々どうなるかもしれぬ且元の倅に娘をやってもろうた。
相すまぬことじゃ」
「何を、徳川のため、大御所のためであれば娘一人喜んで……。平岩殿は毒入りと知って
食べ、死に申した。死ぬのは戦場と決まったわけではござらぬ」
「良く申した。多くの家来どもに苦労をかけたからには何としても豊臣を滅ぼし、徳川の
世を安泰にせねばならんのだ。片桐の徳川への内通の噂を流せ」
「は、その儀は既に」
「片桐且元は京の板倉に逢ってから大坂に戻る手筈じゃな」
「左様にございます」
「ならば良い。あの女どもが先に大坂に帰れば淀殿に向かってあれこれ不満を漏らすであ
ろうことよ。淀殿が頭に血を上らせてしまえば、あとから片桐が如何に懸命に策を説いて
ももう聞こえまい」
「いよいよ戦でございますな」
「支度をして大坂の動きを見守るのじゃ。出陣は近いぞ」

大坂冬の陣勃発

慶長十九年九月十八日、大坂に戻った片桐且元は早速登城し秀頼に報告を行った。

「ことの経緯は既に駿府より立ち返った局どもから聞いておる。徳川家康が要求する三か条に如何に対処すべきと考えるか」

豊臣秀頼ももう子供ではない。それなりに考えを持っていたのだろうが片桐の意見を求めたのである。

「ご承知のように徳川家康は七十三歳の高齢にございます。言うなれば何時寿命が尽きてもおかしくはないという状況。然し、家康はその子将軍秀忠とはことなる力のある者なれば存命のうちは逆らわぬが上策かと」

「何、家康の意に従って国替えまでも受け入れよと申すか」

「そうではございませぬ。すでに加藤清正、浅野長政、池田輝政など御父君、今は亡き太閤様恩顧の有力大名はこの世にはおり申さぬ。いたずらに合戦をすれば負けぬまでも手痛いことになりましょう。相手は既に老境のタヌキ爺、寿命の尽きるのもそう遠いことではありますまい。合戦をし、豊臣の天下とするのであれば、まずは家康が死んでからにした方が確実でございましょう」

「ならばどうしようと言うのじゃ。家康の言うことを聞くならこの大坂城を出ていずれかに押し込められように」

「秀頼様、三か条の全てにすぐさま応ずることはありますまい」

「では何とするぞ」

「この且元の考えは、この際ご母堂様に江戸表にお移り戴くのが良いのではと」

「嫌じゃ、且元。わらわは決して江戸へなど行かぬぞ。家康は今でも若い女子を閨に引き入れておるそうな。あのような者に左様なことをされでもしたら亡き太閤殿下に申し訳が立たぬわ」

自分が江戸に行くことになるかと淀君の頭には急に血が上っていた。

「江戸表に行く必要はございませぬ」

「何、そなたは今わらわが江戸に人質として行くと申したではないか」

「ようお聞き下され。徳川には淀様が江戸に参られると返事をいたすのでございます」

「それ、わらわが江戸に参ると申しておるではないか」

「違いまする。そのように返事をするだけでございます」

「何、返事だけそのように言うて、実際には行かぬのかえ」

「淀様が江戸にお住まいとなれば、土地を選び、御殿を建設し、天井や襖に絵もかかねばなりませぬし、とにかく準備万端整うまでには何年もの年月が要りまする。その間にはあの家康の寿命が……」

「ふ、ふ、ふ……。且元、よう考えたの。それはそこもとの考えか、それとも家康のか」

「な、何を仰せでござるか。とにかくここは合戦を避け、時間を稼いで家康の……」

「だがのう、且元。江戸に土地を選び、屋敷を造り……という話じゃが、そのことは家康は承知いたしておるのか」

「それはそのう、まだ返事もしてござらんので……」

「相手は名うてのタヌキぞ。もしそのタヌキが、江戸のだれそれの屋敷をあけたゆえ早急に移れ、と言うてきたらどうするのじゃ」

「う、う〜う」

「ほれ、答えられぬであろう。その手には乗らぬぞ、且元。そこもと、昨年には秀頼公から一万石の加増を受けながら、この五月には駿府にて徳川家康から多くのものを貰ったそうじゃの。それればかりか徳川の重臣、本多正純の娘を倅の嫁にもろうたそうな。知らぬと思うたら大間違いじゃ。且元、そこもとは豊臣の家臣か、それとも家康の……」

片桐且元は冷たく、しかも射る様な視線を四方八方から感じた。……いかん、わしは皆から裏切り者と思われている……

九月二十三日になって、片桐且元の元に淀殿から召し出しが来た。何でももう一度じっくり話を聞きたいというのである。

そこへ、大野治長が織田有楽斎の屋敷と大坂城西の丸に兵を集めているとの知らせが入った。片桐且元は淀殿の激昂型の性格を熟知していた。大野治長と淀殿の微妙な関係も知っていた。これらの二つが同時に動いていることから彼はその意図を理解した。

「病にて参上いたしかねる、と返答しておけ」

且元は大声でそう部下に命じた。

……淀殿ばかりではなく、多くの者がわしを徳川と内通する者と思っておるようじゃ。淀殿は女でありながら表のことに口を出しすぎじゃ。今回のことも頭に血が上った淀殿が「裏切り者の且元を討て」とでも言うたことであろう。わしを血祭りに上げて関東と一戦とでも思ったのであろう。危なくて参上などできるわけがない。これは茨木城に退去した方が良いかもしれぬ……

片桐側も屋敷を兵で守り始めた。そして二十五日には、大野治長の企てが片桐且元の元に内報されてきた。

更に二十六日には、淀殿から誓詞を添えての召し出しがとどいた。誓詞を添えるところに既に双方の疑念が深まっていることが表れている。勿論片桐且元はその召し出しには頑として応ぜず、屋敷を厳重に固めている。

今や大坂城内で武力衝突が起きようとしていたので、城内は騒然としてきた。片桐且元に、ひとまず大坂城から立ち退く方がよいと勧める者も現れた。

九月二十八日には豊臣秀頼からの使者が駿府の徳川家康と京の板倉勝重に派遣された。片桐且元が大坂城内の屋敷に手勢を集めるなど所業不届きであると知らせたのである。

片桐且元は十月一日にいたり、手勢三百人を引き連れ、玉造口から退き、居城の茨木城に戻った。その退く際には鉄砲の火縄に火をつけ、いつにても撃てる様に臨戦態勢で臨んだ。大坂城は特別の緊張状態にあった。

茨木城に戻った片桐は翌十月二日、家臣二人を使者として駿府に送り、大坂城退去の顛末を徳川家康に知らせた。

この淀君が片桐且元に差し出した誓詞というものが片桐家伝にある。『大坂城誌』（小野清〈筆者の曽祖父〉著、名著出版）に引用されているのでそれを更に引用する。

きせうもんまへかきの事

一、きやう大さかさま〳〵そうせつ申候よしにて候おやこなからそもしの事おろかにも思ひ申候はす候いかやうの事人申ても御きき入ましく候このほふにもきき入申ましき事

一、ひてより様へそもしのとし月のをんしようともいつわすれ申候はんやそもしより外御たのみ候かたも候はす候へはいよ〳〵たのみ申候ほか候す候心中にをやこなからゆめいささかもしよさいにも思ひ申さす候事

一、そのほう御ちかへなきうへはこのはうよりゆめいささかちかへ申事あるましき事

従是牛王

此三ヶてうちかへ候はは

上はほんてん大しやくしたいてんわう下、はけんろうちしんやわたあたこ、ゆやこんけん

いなり、きおんかも、かすか、ことに御うちの神そうして大小の神御はつをかうむるへきものなり

けいてう十九年九月二十六日　　　　ちや～御血判

起請文前書きのこと（現代語意訳）

一、京、大坂で様々に言われているようだが私と秀頼親子は片桐且元のことをおろそかになど思ってはいない。周囲が何を言っても聞くつもりはないし、片桐且元にも同様に周囲の言など聞かないこと。

二、秀頼様が片桐且元への恩賞などを忘れたことがあるだろうか。そもじ（片桐且元）の他に頼むべき人もないのでいよいよ頼むよりほかない。私と秀頼親子は片桐且元を少しも疎略に思わない。

三、その方が違背しなければこちらは夢にも違背することなどない。

これ牛王により

この三ヵ条に違背したならば

上は梵天、帝釈、四大天王、下は堅牢地神、八幡、愛宕、熊野（ゆや）権現、稲荷、祇園、賀茂、春日、などなどの神の罰を蒙るものなり

慶長十九年九月二十八日　　　　　　　　　　　ちゃ～　血判

これが熊野牛王の護符の裏に書いた誓詞である。もし違背する時は熊野のカラスが一羽死に、たちまちに違背が分かると言われていた。

だが、誓詞を書いて安心させておびき出し、殺害しようとしていたのだから淀君もすさまじい。この当時の四十八歳なら更年期の影響はあったと見てよいだろう。

大野治長と片桐且元の大坂城内でのあわや一戦という状況に大坂城内は騒然とした。京都所司代板倉勝重は九月二十八日に駿府と江戸表双方に早飛脚を送った。書状は駿府に十月一日に着いた。

早速大御所に披見いただくべく持参したが、ちょうどそのとき家康は大奥に滞在中であっ

た。家康という男、七十を過ぎてまだ元気なのだ。

やむなく本多正純は阿茶の局を介して書状を家康に届けさせた。直ぐに本多正純には奥にまかり越すようにとの指示が来た。

大奥の中の小部屋に通された正純は家康から書状を手渡された。

「まずはこれを読んで見よ」

正純は書状を開いた。内容は以下のようなものだった。

尚々是より可申入と存候処此飛脚幸と存じ申越候替儀御座候はヽ自是可申入候異酢以上
去る二十五日之御状同二十八日巳刻参着拝見申候大坂之義片桐市正は城中を立出候由只今渡邊筑後駿府へまかり越候とて右の段申候

然時は別心に相極り候此間榮春迄申越候通万事無御油断様にと申越候時に大坂之様子承候に付申入候常眞様も昨夜伏見へ御立退候今度之仕合二十三日に市正を切り可申旨談合津田左門大野修理雑言仕候処市正聞付用心其覚悟仕候に付而不まかり成然処に当座市正と修理左門と間に申事之様に御座候つれ共市正其儘城中に置不申早々立退不申候はヽやきつくし可申との使秀頼より立申に付而昨日大野修理人質を取替天王寺迄立退候由に候右之分に御

座候へは定而御陣も可有御座候内々其用意尤存候猶相替儀御座候は丶自是可申入候恐惶謹言

九月二十八日巳刻　　　　　板倉伊賀守　書判

京都所司代板倉勝重の書状読み下し文（カッコ内は筆者加筆）

尚尚是より申し入るべきと存じ候ところ（これから飛脚を手配しようとしていたところ）この飛脚幸いと存じ申し候。替儀御座候わば、これより申し入れるべく候。異酢以上。

去る二十五日の御状（手紙）二十八日の巳の刻に参着、拝見申し候。大坂の義、片桐市正は城中を立ち出で候由。只今渡邉筑後駿府にまかり越し候とて右の段申し候。しかる時は別心に相極まり候。この間栄春まで申し越し候通り万事ご油断なきようにと申し越し候時に大坂の様子承り候につき申し入れ候。常眞様も昨夜伏見へお立ち退きこの度の仕合に十三日に市正を切り申すべき旨談合、津田左門、大野修理雑言仕り候ところ市正聞きつけ、用心、その覚悟仕り候につきてまかりならず（片桐市正が覚悟を決めて対処したのでうまくいかなかった）。しかる所に当座市正と修理左門と間に申すことの様に御座候つれども、市正そのまま城中に置き申さず、早々立ち退き申さず候わば、焼き尽くし申すべしとの使い、秀頼より申し立つにつきて、昨日大野修理人質を取り替え、天王寺まで立ち退き候由に候。右の分に御座候えば、定めて御陣もあるべく御座候（確実に戦争となるはず）。内々その用意もっともに存じ候（内々戦の準備をしておくのが当然と存じます）猶、相替儀御座候はば、これより申し入れるべく候。恐惶謹言

九月二十八日巳の刻　板倉伊賀守　書判

「正純、いよいよ合戦と決まったな。十一日には出陣いたすにより、諸国に陣触れを出せ。この度の戦は勝たねばならぬ。然し、太閤が知恵と金を尽くした大坂城は手ごわい。大坂城の東は川が多く深田も多

熊野本宮の護符

い。なんとも近づきがたい。北はあの淀川の本流や支流が勢い良く流れる。西は海じゃ。南だけが陸地でここが攻めどころと成るが、地形は南ほど低い。即ち、一番高いとことに城が聳えておるのよ。それに深く広い堀を前面に造り、大坂の町そのものまで取り込んでおる。籠城されたら城を落とす前に我が命がつきてしまうわ。なればこそ、大砲を使うのじゃ。先年手に入れたディアナ号のカルバリン砲も使え。あれなら六里も砲弾をとばせる。大坂城内に砲弾を撃ち込んで肝を冷やしてやるのよ。江戸表にも触れを出させよ」

大御所の命を受け本多正純は触れを書いた。その内容は、

一つ、駿府から京までの諸城主は戦の支度が出来次第京に向かうべし

一つ、藤堂高虎、井伊直孝、松平忠明は上下鳥羽の間に陣を敷いて非常事態に備えるべきこと

一つ、松平定勝は伏見城を守るべきこと

一つ、大御所は十月十一日にご出陣になること

一つ、諸国へ相触をすること

これを受け江戸の将軍秀忠は十月四日に関東と奥羽の諸大名に陣触を発した。

大坂城では、徳川家康から突きつけられた三か条の要求にこたえるどころか、徳川との間を往復して交渉を続けてきた片桐且元を大坂城内で殺害しようとし、あわや城内での武力衝突というところまで至ってしまったことから、必ず徳川家康が大軍にて攻めてくることを予想した。

大坂城の豊臣もまた戦支度に入った。主なものは、

＊尼崎の河口に泊まっていた船から二十四万石もの米を買い入れた

＊諸大名の大坂蔵米を押収した

＊亡き太閤が蓄えていた金銀分銅を溶かして竹流しにして一両を金四匁八分で金貨などを鋳造した。

＊太閤が作った黄金熨斗付きの間も壊してその黄金を竹流しにした

＊太閤ゆかりの者を中心に諸大名に応援を求めた

＊諸浪人を召抱えた。真田幸村、後藤又兵衛、長曾我部盛親、毛利勝永、明石全登、御宿正倫、塙団衛門などなどの豪傑が参集した。

それだけではなく、勿論大坂城の防御施設の改修などが行われた。城の東側は元々大和川

や木津川の流れが敵を寄せ付けぬのだが、深田に川を堰とめて水を入れ、馬を乗り入れられないようにした。西は穢多ヶ崎伝法まで深い堀を開削した。南は空堀なので真田幸村が東南の濠の外に出丸を造り、天王寺方面からかかってくる敵への横撃を可能にした。これにより空堀の弱点がカバーされたのである。この出丸は真田丸と呼ばれ、実際に大坂冬の陣でその強さを遺憾なく発揮した。真田幸村の名を上げしめたものである。

いよいよ大坂冬の陣

慶長十九年十月十一日に徳川家康は駿府を発し、同月二十三日に京の二条城に入った。将軍秀忠は十月二十三日に江戸を発し、十一月十日に伏見城に入った。翌十一日直ぐに二条城の家康に挨拶に出た。中国方面からの兵も既に参着しており、徳川方はその数二十万を数えていた。

これに対し大坂城に籠城の将兵は約十万、攻撃方の半分の兵力だ。城攻めは兵力の消耗が激しく、籠城の兵力の十倍が必要だなどと言われる。この場合はもっと必要なのだろう。築城の名手でもあった豊臣秀吉が天下人としての財力をつぎ込んで造った雄大な大坂城は難攻不落の城と言われる名城だったのである。籠城兵の僅か倍の兵力で攻める徳川方が攻めきれるとは考えにくかった。

大坂冬の陣は動き始めた。暫く経過を追ってみることにする。

十月十九日　本多忠政が枚方に陣を敷いた

十月二十一日　大坂城から兵が出て郊外を焼き払った。寄せ手に利用されるものをなく

したのである

十月二十八日　大和と越前の諸軍は大仙陵（仁徳天皇陵）に陣取りした

十月二十九日　藤堂高虎の軍は進んで住吉と堺の間に陣を張る

十一月二日　蒲田隼人正の軍は大坂城を出て平野を占拠する

十一月四日　松平忠明、美濃の諸軍と共に飯盛山に進出

十一月五日　濃州の軍の進出と藤堂高虎の軍が住吉方面に帯陣したことを見て蒲田隼人正は平野の陣を引き払い、大坂城に引き上げる。その後、平野を松平忠明の軍たちが占拠した。

十一月六日　寄せ手に使われるのを避けるため大坂城内から兵を出し天王寺を焼き払う。この天王寺の焼き払いによって大坂方は城外での戦を諦め、完全な籠城をする意思を示したことになる

十一月七日　浅野但馬守の軍が住吉と堺の間に入り藤堂高虎軍と並ぶかのように今在家に陣を張った。また、松平利隆と弟忠継は大坂城の北の神崎川を渡り北から大坂城に迫りつつあった。つまり徳川方は大坂城を三方面から攻める体制を敷いたのだ

十一月十五日　家康は二条城を出立、秀忠もまた伏見城を出て大坂に向かった
十一月十七日　家康は住吉に、秀忠は平野に宿陣
十一月十八日　払暁、家康と秀忠はそれぞれの陣を出て茶臼山にて落ち合い、その頂から大坂城の様子を見渡し、藤堂高虎と本多正信を呼んで軍議をした。茶臼山とは大坂城の南にある高まりである。現在の大坂の天王寺駅（阿倍野駅）のすぐ傍にある。

家康は大坂城の周りの堀や門の位置などをじっくり見た上で言った。

「この難攻不落の大坂城を攻めるのにただの野陣ではおぼつかぬ。牧岡、木津などを始めとしたところどころに付け城を構えよ。堀を穿ち、堤を造れ」

翌十九日、徳川秀忠は住吉の大御所家康の陣を訪ねた。軍議には藤堂高虎、本多正信、本多正純、安藤帯刀、成瀬隼人正などが参加した。

大きく広げた大坂の地図を前に大御所家康は、

「淀川の流れを鳥飼の辺りで切り、水路を神崎に転じる。淀川の本流を堰とめて天満の水を枯らし、天満口、仙波口、天王寺口から全軍一斉に攻める。この作戦のために土俵、薦

などが大量に必要となる。摂津、河内の両国に土俵二十万俵を作らせよ。大坂城は力攻めにしようとすれば士卒に多くの死傷者が出る。各自に竹束をもって進む様に手配せよ。更に金堀人夫を使って門、塀、矢倉を掘り崩せ」

と命じた。

この同じ日、即ち十一月十九日の早暁、蜂須賀安房守は穢多ヶ崎を攻略した。この穢多ヶ崎は仙波新堀辺りで大河を四方から受けるもっとも要害の地であるので、大坂方はここに砦を築き、蒲田隼人正を守将として陣屋を置き、大船二十艘以上を係留している尼崎への船道を守っていた。

払暁から攻め立てた蜂須賀阿波守は大坂方の番船をことごとく追い払い、砦を乗っ取ることに成功した。

その前の晩から、守将の蒲田隼人正が町屋に行き、遊女を相手に酒を飲んでいて留守だったこともあり、大将を欠いた兵たちはもろくも崩れ去ったのである。戦の最中のこの大将の行動から見て、大坂方の士気の緩みは明らかだった。

九鬼嘉隆と千賀信親等は新家村の要害を乗っ取り、向井将監は新家の川々に配備されていた大坂方の兵が、要害が徳川方の手に落ちたのに驚いて退いていくのに乗じて大坂方の大船を奪い取った。

　これらの働きで十一月十九日には早くも大坂城の西の守備は崩れ去った。開戦初日のこの出来事と、博労ヶ淵の要害をなくしたことで大坂方はすこぶる意気消沈し、仙波、中島、天満などの守りも捨てて大坂城内に逃げ込んでしまった。

　同日、藤堂高虎は何と大坂城の南正面に当たる天王寺口に単独で進出し、しかもそこに陣を敷いた。大坂城内の速水甲斐守らは藤堂高虎の陣に夜襲をかけるべく提案をしたが用いられず、目の前にある勝利の機会を失してしまった。城内の将士の失望は大きく、戦意は下がる一方だった。

　この様子を見た大御所家康は十一月二十四日に本多正純を呼び出した。

「正純、戦況を何と見るか」

「いまだ大きな合戦はございませんが、既に敵は士気を失っているようでございます」

「ならば総攻撃を加えれば大坂城は落ちるか」

「なかなか。流石に天下の名城、簡単には落ちますまい」

「その一番の障害は何ぞ」

「は、最大の障害は正面の大きな堀にございましょう。余の城とは異なりなんとも幅が広く、それを抜いて城内への乱入はかなり難しく。また、数多く置かれた矢倉もまた」

「よう申した。わしもそう思っておった。大坂方の士気が下がっているこの段階で和議を申し入れようぞ。使者を城に入れよ」

本多正純の命を受け、密使與助が大坂城内に入った。戦の先行きを案じていた織田有楽斎と大野治長は和議の申し出に応じ、それぞれの家臣村田喜蔵と米村権右衛門を大御所家康の本陣に派遣した。

大坂方は将軍秀忠と大御所家康がこの大坂まで出張ってきたことを考慮して、和議の条件として大坂城の総曲輪の塀矢倉を取り払うとの条件を示した。これに対し、応対した本多正純は、総曲輪は今回作ったものだからそれを取り払うのは当然のことであり、二の丸、三の丸までを破却すべきだ、と主張した。

この和議の条件には、流石に大坂方が承服しなかった。そして和議の話は暫くなりを潜めることになった。

大坂方は大坂城の防衛力の強化のために鴫野と今福に柵を設けて堀の開削をも始めた。それを知った徳川方は十一月二十五日、それに対応する向砦を鴫野に築くべく作業を開始したが城兵による妨害が著しかった。妨害を排除するために、翌二十六日に、今福には佐竹の軍勢を、また鴫野には上杉の軍勢を出して城兵を防いだ。

徳川方が築いた砦は、南は今宮、岡山、天王寺、茶臼山、西は、木津、伝法、穢多ヶ崎、東は、大和口、若江口、鴫野、今福、北は枚方、そして守口、天満の間の三ケ所の総計十五箇所だった。

また鋭意取り組んでいた、淀川の流れの変更工事は、仁和寺堤を造って淀川の水を堰きとめ神崎川に流すことがようやくできた。また、長柄堤を造り、淀川本流を中津川に流す工事も完成に近づいた。

その結果、天満川や東横堀の水は干上がってきて、大坂城の外堀はその価値が著しく下がってしまった。城内の籠城中の者たちは総攻撃が近いことを予想し、一戦する気持ちが高まってきていた。

十一月二十六日、今福の柵での戦いが起こった。徳川方の佐竹義宣と戦った大坂方の将兵は次々に討ち取られ、とうとう柵の守備を諦めて城内に引き上げてしまった。

十二月一日には事件が起こった。京橋口にある大野治長の邸宅から出火、その煙を見た徳川軍は城内に徳川方への内応者がいると判断した。

京橋方面の寄せ手だった松平利隆、有馬豊氏たちは、それっとばかりに城に押しかけたが守備の堅さに諦めて兵を退いた。火事は内応ではなかったのだった。

天満、東横堀の水は益々減り、攻撃が近いと思った秀頼は、城兵を必死の心にさせようと後藤基次に外堀にかかる橋を焼き落とすように命じた。橋は次々に焼落とされていったが本町一橋だけは大野治房の反対で焼かれずに残った。

橋がなくなったことで城兵は脱出の道が無くなり、必死に働かざるを得なくなったのである。

真田丸の南にある笹山という小山には真田の鉄砲足軽が出没し、加賀の松平利常の軍にしばしば鉄砲を撃ちかけた。松平利常の家老本多安房守は十二月四日のまだ暗いうちに兵を繰り出して笹山を囲み、真田勢を探した。然し篠山には一人も真田の兵がいなかった。

ところが、その本多阿波守の動きを知って、しまった、本田に抜け駆けされた、と勘違いした山崎入道閑斎が笹山を通り過ぎて真田丸に向かった。その様子に、今度は本多阿波守が抜け駆けされたと逆に思い込み、大慌てでこれも真田丸に走った。まだ真っ暗闇の中を真田丸に殺到した軍勢は真田丸の堀の前に押し合いへし合いの状況になった。しかも抜け駆けされたとの思い込みから大急ぎで駆け抜けてきたため鉄砲玉避けの盾も竹束も持ってきていなかった。そこへ、この騒ぎを聞きつけた、越前勢や佐和山勢も駆けつけ堀際には隙間もないくらい寄せ手が集まっていた。

東の空が白々と明るくなった頃合を見て、真田丸の塀や矢倉から鉄砲が雨あられと放たれた。それにより寄せ手の兵たちはバタバタと倒れ、死傷者が数え切れぬほどでてしまった。いずれにせよ徳川方は城に肉薄した。それに伴って将軍秀忠は平野から岡山へと陣を移したし、十二月六日には大御所家康が住吉から茶臼山へと陣を進めた。

その様子を見て城内の兵たちの士気が下がり始めたので、真田幸村や後藤基次らは豊臣秀頼に進言を行った。

「敵方の将軍秀忠と大御所家康は時折全部隊を回り、諸軍を励ましております。これによって大いにその士気が上がっている様にございます。ついては秀頼様にも城内各所を巡察なされ、声をおかけ下されば存じます。敵方が城に迫り、総攻撃の時も遠からずと存じますれば」

なるほど、と思った秀頼は翌十二月七日、城内の巡検を行った。前の夜に酒肴と共に酒を諸軍に振舞ってあったところに、二―三万の軍勢に前後左右を取り囲まれた秀頼が太閤秀吉の金瓢箪の馬印や華麗な飾りを押し立てて巡検を行ったので城内の者どもの意気はすこぶる上がった。

一緒に城内を回った淀君は三の丸、二の丸をめぐった後、天主にのぼり大坂城の四方を眺めた。その目に映った光景は、たった今城内を巡検して五万―六万騎のきらびやかな自軍を見て自信を深めてきたのを一瞬で突き崩すものだった。

徳川方の寄せ手は幾百万騎にも見えた。武将の旗は何千となく風になびいている。山も川もなく見渡す限り敵が満ち満ちている。

……これはいかん、こんなに多くの兵に囲まれては勝つことなど全くおぼつかない……

淀君は「和議しかない」と瞬間的に悟った。そして、直ぐに供奉してきていた織田有楽斎と大野治長に向かっていった。

「わらわは織田信長の姪にて浅井長政が娘なり。戦に臨み討ち死にすることなどは覚悟の前なれども、この大軍では秀頼の運が開けるとは到底思えぬ。これは関東の申し出に応じて和議を進めるしかないぞ、有楽」

翌十二月八日、織田有楽斎は家臣の村田喜蔵、大野治長は家臣の米村権右衛門を使いとして書状を持たせて本多正純と後藤庄三郎光次の元に派遣した。

十二月九日、大御所家康は大坂方からの和議の申し入れを無視して、茶臼山の陣に藤堂高虎を呼び、大坂城総攻撃に関する軍議を開いた。

ちょうどその時、山城忠久、滝川忠政が注進に馳せ参じた。

「いかがいたした」

との家康の声に、

「本日、長柄堤が完成いたし、淀川の流れは中津川を抜けて海に流れ出ますれば、日ならずして天満河の水は枯れ上がる筈でございます」

と報告した。

「良し、でかしたぞ」

と家康は褒めて返した。そして藤堂高虎に向かって言った。

「堀の水がなくなるのを見てさぞや城内の兵どもは肝を冷やすことであろう。ここは戦意を奪うためにも、休息を取らさぬためにも更に肝を冷やさなければならぬ。良いか、今夜より戌、子、寅の刻には城の近くで鬨の声を上げさせよ。そしてその間の、亥、丑、卯の刻には大砲を撃て。さすれば夜の眠りは取れぬも同然、兵の気力も体力もなくなってこようぞ」

十二月十日、大御所家康の命に従い、大坂城の南の寄せ手は外堀にあと二十間、三十間という近さにまで接近し、土俵を積み上げて山を作り上げた。作業中も竹束を隙間なく立てていたので城内から撃ちかけられた鉄砲にも殆ど負傷者は出なかった。

玉造では、泥が深いところなので板やスノコを敷いて作業をした。夜になり、城内からは徳川軍の鬨の声と大砲による脅しに対抗するかのごとく鉄砲が発射された。

十二月十一日になり、大御所家康は間宮直元、島田直時、日向政成を召しだして但馬の石見銀山の鉱夫を使って大坂城の矢倉や石垣を掘り崩せと命じた。直ちに間宮直元らは巡視を実施し、城の南に掘り入るべき場所を見つけた。そこに鉱夫数百人を集め、早速掘り始めさせた。

十二月十二日には織田有楽斎と大野治長から再度後藤光次に和議についての書状が届いた。中には、和議について秀頼を諫めると書かれていた。つまり秀頼は和議に反対だったようである。

十二月十三日、浅野但馬守と松平忠義は家康の命により、盲船を使って仙波に船橋を架けさせた。また堀を埋めるための土俵の用意を本多正純に命じ、大工中井正次に梯熊手を作らせた。総攻撃の用意に取り掛かったのだ。十二月十四日には、大坂城の南側に造成中だった築山が完成し、その上に大砲の据付をした。他にも諸軍は外堀近くにまで進出し、柵を作り所々に楼を造った。それらは城内を眼下に見下ろすほどの高さがあったのでそこから城内に撃ちかける大砲や鉄砲の威力はすさまじかった。逆に城内の将兵の立場から見れば、外堀の外側にできた高所から丸見え状態で撃ち下ろされて、その状況は悲惨だった。

相当に弱気になった織田有楽斎と大野治長から十二月十五日に、またまた和議申し入れの使者が本多正純と後藤光継の元に送られてきた。

大御所家康はこの和議の使者も無視した。もう一段弱気にさせてから有利な条件で和議を結ぼうと考えていたのである。とにかく日一日と経過するにつれて大坂方の士気はなえていくのだった。何しろ城の周りには敵兵が海の様に広がっており、それが城の矢倉をものぐような人工の山を築き、しかもその上に大砲をすえつけて撃ち下ろしてくるのだ。この戦の様子は、『ガリア戦記』に出てくるローマ軍の戦いをも髣髴とさせるものである。

家康は渡邊備後を呼ぶと、石見銀山の鉱夫を使って城界に向かって掘り進めと命じた。十二月十六日には、中井正次が家康の元に馳せ参じ、フランキー砲の架台の製作が終わったと報告した。

フランキー砲とは南蛮から輸入した青銅製の大砲である。当時のポルトガル人を指す「フランキー」という言葉をその大砲に使っていた。漢字では「仏郎機」と書く。

架台ができたと聞いた家康の行動は早かった。直ぐに松平正綱を派遣し、将軍秀忠の岡山の本陣から、井上正継、稲富重次、牧野正成などの砲術練達の士を選抜し、南の天王寺口と北の備前島の菅沼正定の攻め口などから大砲を撃ちかけさせた。目標は大坂城の矢倉や塀であった。

玉造の攻め口からは大坂城内の千畳敷を狙って大砲を撃ち放った。この砲弾は、淀君の屋形の三の間に飛び込んだ。女中たちが朝の茶を飲んでいたところへ、すぐ傍の茶箪笥に命中した。そして菅沼定芳の攻め口からは何と大砲百門を一斉に撃ち放った。

これらの砲撃に大坂城内は大混乱に陥った。従来の合戦でこれほど大量の大砲が使われたことはなかったのである。織田信長が長篠の合戦で三千の鉄砲を三段撃ちに発射し、鉄砲の時代を作ったのと同様、戦の革命の一つである。

ただ大砲を撃ち込まれているだけでは士気にかかわると、夜になり、城内の大野治房、塙団右衛門、長岡監物らは本町橋より打って出た。そして寄せ手の蜂須賀阿波守の陣を襲った。そこでの死闘により双方とも有力な家臣を失っている。

十二月十八日、京橋口の片桐且元の攻め口から田付兵庫助景隆が撃ち放った「大仏郎機」の砲弾は、ちょうど天主の二重にいた淀君の直ぐ脇の柱に命中して、その柱を砕いた。その柱に打たれた女中二人は潰されて死んでしまった。さしもの強気の淀君もこれには半狂乱となった。そして「はよう和議を、はよう和議を」と叫び続けた。

さてこの砲弾を撃った大仏郎機、即ち「大フランキー砲」とは当時世界最新鋭の大砲であったカルバリン砲のことである。

大坂城内の大混乱の様子は直接築山の上から城内を監視している各部隊から続々と家康の元に寄せられていた。カルバリン砲の砲弾が天主に命中したのも見ていた者から注進が入った。

……そろそろ和議に応じるときが来たか。天主にまで被弾して右往左往している淀君が見えるようじゃ。追い詰められすぎて必死になられる前に和議をちらつかせ、更に戦意を喪失させるのが得策じゃ……

戦に次ぐ戦の戦国の世を生き抜いてきた家康の戦に於ける心理戦への知識経験は群を抜いていた。自ら敵と直接戦ったことのない秀頼や女の淀君など相手ではなかった。大坂方にとっては加藤清正などの戦国大名を毒殺されてしまったのが痛かった。だが、大坂城に駆けつける大名が全くいなかったことが豊臣秀頼に対する大名たちの評価を表していた。

家康は本多正純と阿茶の局を大坂城内の京極若狭守忠高の陣に向かわせ、忠高の母、常光院を城内から呼び出し、家康の和議の内意を伝えた。

常光院は亡き浅野長政の娘で淀君の姉に当たる人物である。常光院は本多正純及び阿茶の

局との面会前に淀君から、

「良いか、秀頼殿のお命が助けられるならば和議に応じたい、と申せ」

と言われていた。

家康はこれに対し次の様な返事をした。

「秀頼のことを元より我が子の様に思ってきたが、周辺の悪い者の言を本当と信じ、この家事のことを仇とする故にやむを得ず戦になってしまった。今も秀頼の心は以前と変っていないのであろう。太閤秀吉は秀頼の事を家康に任せた。その上、将軍家と婿舅の好身《よしみ》なれば疎意にする筈もなし。今も今後も戦などやめて平和になれば親しみも変ってくるのではないか」

常光院がこの家康の言葉を伝えると淀君はとても喜んだ。そして、

「何事も大御所の仰せに任せ奉ると申せ」

と言った。

十二月二十日、家康は常光院に阿茶の局を沿えて城内に向かわせ、淀君へ伝えたのは、

「秀頼大坂に猶も住居せられれば旧領の地を授くべし。天下の要津を去りて他の郡を願うならば大国を数ヶ所封ずべし。招集る浪人どもをも禁制すべからず、心に任せらるべし」

という言葉であった。

淀君は主だった武将を大広間に集めて評定を行った。評定の席では浪人たちは口々に籠城を続け時を待つべしとの意見であったが織田有楽斎や大野治長を始めとした大物は和議を喜び、

「秀頼様が元の様に大坂在城を許され、家臣どもも旧地を領することを認められ、浪人ども召しかかえもお構いなしという条件で和親するというのであれば、大御所家康の要求は全て受け入れるべし。これよう永きにわたり干戈を止める上は我等の手の者で堀を埋め、要害を壊して疑いを持たれぬ持たれる様にしようぞ」

と言った。そこで淀君は大いに喜んで、もろもろの思慮をせずに、

「諸事仰せに従い奉るべし。秀頼の誓詞を献ずべし」

と大御所家康に返答をしてしまった。

和議の条件は、
一つ、この戦の起こるに当たって城兵が今宮、天王寺、仙波、天満などに新設した述べ三里に及ぶ総構えを関東方の人数で取り除くこと
一つ、城中（大坂方）の人数をもって三の丸、二の丸の塀と柵を取り払うこと

一つ、人質として、織田有楽斎と大野治長の子を差し出すこと
一つ、城中諸浪人一統の罪を許すこと
一つ、これ以後、家康、秀忠と秀頼は互いに疎意あるまじきこと
一つ、以上に付き誓詞を取り交わすこと

となった。そしてこの日十二月十九日に双方の矢砲を停止した。

さて、この和議の誓詞であるが現物が存在しないらしい。和議の条件に違背して二の丸、三の丸まで破壊してしまった徳川方が証拠隠滅を図った可能性もあると筆者は考えている。『大坂城誌』（小野清著）ではいくつかの文書を掲載している。まずは『大坂冬陣日記』だが、帝国大学資料にあった抄本から採っているがそれには起請文前書きと奥書がない。とにかく内容を書いておこう。

『大坂冬陣日記』
十二月二十一日　木村長門守郡主馬並有楽修理使者自城中来上野介庄三郎於茶磨（ママ）山二丸鉄砲小屋対面云々

上野介出御前密奉写起請案文召連彼両人赴岡山将軍家亦令書誓紙給之由云々件案分之趣
昨日大御所書給同文体也
一、今度籠城諸浪人素已下不可有異議事
一、秀頼御知行如前々不可有相違事
一、母儀在江戸之儀不可有之事
一、大坂開城有之者雖何国望次第可替進事
一、対秀頼御身上不可有表裏事
本多佐渡守同上野介京極若狭守在将軍御前彼二人即御目見将軍家以牛王寶印裏写誓詞加
判給長門守主馬持帰城中右筆松雲也
二十二日　阿茶局板倉内膳入城中秀頼並母儀共被出起請文母儀筆本者阿茶局見給内膳見
秀頼筆本而二人及晩帰参其誓詞之趣
一、秀頼対両御所自今已後不可有謀反野心事
一、雖有種々中説直伺御意可申付事
一、諸事可為如前々事

『摂戦実録』

二十四日　御和睦の誓紙取替さるに付大御所御印形検使として木村長門守重成年二十一歳並郡主馬首二の丸水の手門を出天王寺口より茶臼山の御陣に来る

御誓紙之案文如何様なるや具に知る人なし但し村越伝記には左の如し

敬白起請文之事

一、今度互に確執に及び令対陣候といへ共双方取曖に依て令和睦者也自今以後御子孫に至る迄毛頭疎意不可有事

一、年来の所領並家人召抱る輩壱人も不残前々之如く無相違令満足候事

一、大坂の城に在住子孫長久之事

一、母儀安穏一生可令送事

右之条々皆々可相守者歟但此度興業之趣城外側を埋み要害を破り畢若此趣一事に而も於令違乱は正八幡宮を始奉り本朝神明仏陀之冥罰可罷蒙者也仍而起請状如件

慶長十九年甲寅十二月二十四日　　　　秀頼

御判

さて、翌十二月二十日、淀君の使いとして常光院、二位の局、饗場の局の三人は城中より茶臼山の陣営に来て、時服三重、緞子三十巻を家康に奉呈して和議が整ったことを祝し、織田有楽斎の子、織田武蔵守頼長と大野治長の子、大野信濃守治徳を差し出した。この二人の人質は本多正純にお預けとなった。

十二月二十一日にいたり、双方の誓紙の見届けが行われた。秀頼は木村長門守重成に郡主馬首良列を添えて茶臼山に派遣した。木村重成は家康の誓紙を見て、

「御血判鮮やかならず。秀頼様にはお気になさることはないと存ずれども淀君様は女子なれば……。疑いを生ぜぬためにも今一度御血判を賜りたく」

と家康に言った。

「見ての通り、わしは既に年寄りだで、指に血の気が十分ではにゃぁだよ」

と笑いながら言い、家康はもう一度血判をした。その血判はとても鮮やかなものであったので木村重成は満足し、続いて岡山の将軍秀忠の筆本を見届けた上で受け取り、これらをもって城中に帰った。

翌二十二日、今度は家康の使いとして、板倉重昌と阿茶の局を城中に派遣して板倉重昌には秀頼の筆本を、また阿茶の局には淀君の筆本の見届けをさせ、各誓紙を受け取らせた。

ここに大坂冬の陣の和議が正式に成立した。大御所家康は寄せ手の諸軍を本陣に戻し、大坂城の四つの門の警備を改めて命じた。

翌十二月二十三日には早くも徳川方の総がかりで大坂城の総構えの取り崩し作業が始まった。そして二十四日には城内から茶臼山に和平の祝いに来た織田有楽斎と大野治長も含めて祝いが行われた。二十五日、茶臼山の陣払いをして京の二条城に向かおうとした家康は本多正純を近くに呼んだ。

「正純、良いか、総構えの取り崩しに取り掛かっているが、二の丸三の丸の堀も埋めてしまえ。それも三つ子が自由に上り下りできるほどに埋めよ」

これを聞いた正純は、

「和議の条件では二の丸三の丸の堀を埋めることにはなっておりませんが」

と聞きただした。

「構わぬ、埋めよ。これだけ言えばそちにはわしの考えが分かろう」

「分かり申した。次の戦は近うございますな」

「む、それで良い。城中から何か申してこようがの、埋めてしまえばそれまでであろう」

「ならば、早速そのように」

そう答えて本多正純は使いを城中に派遣した。使いの口上は、

「二の丸三の丸の塀や柵の取り壊しは城方にて行われるべき旨先に誓紙に書きたるところではありますが、我らの諸軍には遠国からの者も多く、取り壊しが終了するまで在陣いたすのも負担が大きく、できれば城方を助けて取り壊しに加わり、早々に片付けたいと考えており申す」

と、もっともなことを言い、寄せ手の総勢を使って三の丸の石垣を壊し、堀を埋め始めた。

この様子を聞いた織田有楽斎と大野治長は飛び上がるほど驚いた。

「約束が違う！　約束が違うではないか。誰か三の丸の堀を埋めるのを止めさせよ」

二人が顔を真っ赤にして怒り、怒鳴るのを見て奉行の一人が作業現場に急ぎ出向いて、現場の指揮官に大声で言った。

「和議の誓紙によれば、工事は二の丸と三の丸の塀と柵を取り壊すにとどまっておる。堀を埋めるなど誓約に違背しておりますぞ。直ちに止められよ」

然し寄せ手の者どもは全く手を休めることなく堀を埋め続けている。大坂方の奉行は何度

も繰り返して叫んだ。ようやく寄せ手側の奉行たちが来たが、

「和議の条件がどうのこうのと言うても手前どもはそのようなことは全くあずかり存ぜぬ。ただ主人の命によって堀を埋めておるのでござる」

と返事をするのみだった。

現場での問答に埒が明かぬと気付いた織田有楽斎と大野治長は怒り心頭に発し、急使を本多正純の陣に走らせて問責せしめた。

ところが本多正純の陣では取次ぎの者が、

「主人本多上野介正純、昨夜より風邪を引き寝込んでおります」

と答えるばかりで全く要領を得ない。

寄せ手は益々勢いづいて三の丸の堀を埋め、慶長二十年正月二日には二の丸の堀、石垣を壊し始め、十八日には埋め終えてしまった。そして二十四日と二十五日で寄せ手は総引き上げをしてしまった。

振り返ってみれば大坂冬の陣には大きな合戦などはなかった。大坂方が籠城と決めたからである。城外に高い土塁を築いてその上に大砲を備え付け城内に大量に砲弾を撃ち込んだ。いわば大坂方は何もせず、ただ徳川方に一方的に攻められた感がある。

しかも和議に追い込んでおいて、その和議条件を守らずに二の丸、三の丸の堀までも埋めてしまった。徳川家康は文字通りの確信犯である。

筆者の曽祖父の著した『大坂城誌』の中で、曽祖父、小野清はいたく大坂方に同情している。然し、徳川家康は律儀をもって有名な男である。その律儀な男が些細なことに難癖をつけ、どうでもこうでも豊臣家を滅ぼそうとしているのだ。筆者はそれを別のことに対する律儀さの表われと見る。

この背景の理解には織田信長、明智光秀、徳川家康、そして豊臣秀吉の関係がキーとなる。秀吉の中国大返しなど事前に本能寺の変を予想して準備していたとしか考えられない。然し、秀吉はその間の証拠を消し去り、知る者を滅ぼしてしまっていた。北の庄に柴田勝家を滅ぼしたが、それは大坂の陣を仕掛けた家康に似て無理やり戦に誘い込んだ感がある。秀吉もまた、必要に迫られて人を破滅に追い込んでいる。

家康が織田の血を引く秀忠の子ではなく、家康本人が春日の局に生ませた家光に無理やり将軍を継がせる理由も裏にあるはずだ。

此の度こそ豊臣の息の根を止めん

慶長二十年正月三日に徳川家康は京を発って駿府に帰った。が、帰る前に京都所司代の板倉勝重を呼んだ。場所は二条城の一室である。

「勝重。秀頼とは和議を結んだがの、このままで戦が終わるわけではない。直ぐに次の戦が起きようぞ、いや起こさねばわしの命が持たぬわ」

「何を仰せられます」

慌てて板倉勝重が言った時、家康の顔からは笑みが消え、

「じゃでのう、はよう戦が起こる様に働いてくれ、勝重」

「は、このたびの和議は大坂城攻撃の最大の障害である外堀などを埋めるためのものであること、心得ております」

「よいな、万一秀頼にせっかく埋めた堀を掘り返され、淀川の水を引き入れられては苦労が水の泡じゃ」

「和議の条件にはなかった二の丸三の丸の堀まで埋め尽くし、今や大坂城は裸城も同然。

豊臣方も城の修築工事を直ぐにも再開いたしましょう」

「そうじゃ、土俵を積み上げての砲撃がいかにも効果があった。その結果大坂城は石垣も、門も、矢倉も、そして天主までも壊れた。住むところなければ城内の諸軍が雨露をしのげぬ。修復工事はすぐにも始まろう。その修復工事を謀反に結びつけるのじゃ」

「然し、我等が修復工事を謀反と結びつけずとも京、大坂の者どもは、すわ、戦か、と当然騒ぎ出しましょうが」

「だが、騒ぎは大きくなくてはならぬ。禁裏が心配するほどのな。さもなくば諸国に戻した軍勢を直ぐまた集めることなどできまいぞ」

「誠に左様にございますな」

「もう一つある」

「何でございましょう」

「兵糧よ。先の籠城戦のために秀頼の所領の摂津と河内の作毛はなく、城内の食料は甚だ少ないはずじゃ。秀頼は必ずや米、大豆などを買い入れることになる。これも戦のための兵糧と見なせぬこともない」

「城を修復し、兵糧を集め、それで浪人どもの召抱えが有れば謀反の証拠になりますな」

「合戦近し、と町の者どもが家財をもって逃げるようになれば言うことなしじゃ」

「そのように計らいまする」

「謀反の噂を広めるために伊賀の者を使え」

「それはありがたい」

「が、この仕事は秀頼が堀を掘り返してしまわぬうちになさねば振り出しに戻ってしまう。よいか、彼らには籠城する城がもう無いのだ。次の戦は野戦になるぞ」


慶長二十年正月十九日の将軍秀忠の岡山の陣払いを待っていたかのように大坂方は大量の米、大豆の調達を始めた。そして、同時に大坂城の修復も始めた。この動きに大坂の町人は秀頼が再度戦う準備を始めたと受け取った。元々一戦せねば気が収まらない、手柄と立身出世目当ての浪人どもはしきりに戦は近いと吹聴した。噂は噂を呼び、燎原の火が広がる如く京を始めとして周辺に広まっていった。勿論、密命を帯びた伊賀者が変装しては各所で噂を大きくするために暗躍した。

慶長二十年三月五日、京都所司代の板倉勝重から駿府に注進があった。その内容は、
＊大坂は再び謀反を企てていると思われる

＊米、大豆などを大量に買い付けている
＊冬に埋めたばかりの堀を掘り返している。既にその深さは人の腰から肩に至っている
＊諸浪人が昨年以上に、おびただしく大坂城に集まっている
＊毎夜二、三百人ずつが京に上り都を焼き払うとの噂があり、そのために京の町は騒然となっている
＊方廣寺の大仏殿再興のために蓄えた巨材を大坂城中に引き取ろうとする動きありというものだった。

その知らせに大御所家康は、にやっと笑った。

大坂城でもこの噂に京、大坂が騒々しくなったのを深刻に捉え、大御所家康に他意のないことを説明させるべく使者を駿府に送った。秀頼の使者になったのは青木民部少輔一重、淀君の使者になったのは常光院尼、二位局、大蔵卿局正永尼だった。これらは三月十三日に駿府に到着し、三月十五日に駿府城に登城した。

青木一重は大御所家康に拝謁し、秀頼からの直筆の書状を差し出した。淀君の使い三人も別に大御所家康に会って淀君の口上を伝えた。即ち、

「大坂所領の摂津、河内の両国は昨年は日照りであった上に兵乱のために土民が逃散いた

し、物成りが得られなかった。そのため大坂城中は食べ物に困っている。何とかお助け願えまいか」

と述べたのである。

その日、京都所司代板倉勝重より飛脚が駿府に来た。その知らせには、

「大坂が和睦に違反しているとの噂は大きくなっているが現実の動きはないようだ。然し、近々大坂から大勢が京に押しかけ、焼き払うとの噂が激しく、京からは人々が近隣の山の中に逃げ込むなど大騒動になっている。禁裏を始め公家、諸門主などは皆おろおろしている」

とあった。

大御所家康は淀君の三人の使者にこう告げた。

「近々、尾張宰相の婚礼があるのでわしも尾張まで出かけることにしておる。田舎者ばかりで礼儀をよく知らぬので、常光院たちは尾張に行ってその者たちをしっかり指導してやって欲しい。青木は江戸表に出向いて将軍家にも説明し、その後尾張に来ればよい。わしは尾張の後京に上り、摂津と河内の両国を検察してたがを締めなおしてくれようぞ」

要は、使者を大坂城に直ぐには戻れないようにしたのだ。そうして大坂の秀頼と淀君がひ

たすら使者の帰りを待っている間に大坂攻めの準備を進めたのだ。

その同じ日の十五日に、大御所家康は内藤信昌に尼崎の警護を命じ、三宅康信、三宅康盛、仁賀保挙誠に淀城の警護を命じ、松平定勝に伏見城を厳重に守るように命じた。正しく大坂攻めの準備の具体化だ。

四月一日には、松平忠明と本多忠政が京都の東寺と七条の間に陣取りし、京の治安維持を図った。

四月二日に至って、長々と留め置かれた淀君の使者たちが名古屋に向かって漸く駿府を出発した。

四月四日には藤堂高虎が淀の大渡しを固め、通行人を調べ始めた。浪人どもが京へ乱入するという噂に備えた行動であった。また、岸和田城には金森可重が加勢に入った。

同日、大御所家康は出師の令を諸大名に発し、駿府を出発した。六日には江戸の先発の諸大名が江戸を離れ、将軍秀忠も四月十日に江戸を発した。

十八日に大御所家康は京の二条城に入り、二十一日に将軍秀忠が伏見城に到着した。その後二十三日から二十五日にかけて、出陣を命ぜられた諸国の大名たちが軍を伴って続々と集まってきた。

四月二十四日、大坂城に戻った常光院と二位局は大御所家康の言葉を秀頼と淀君に伝えた。その内容は、
＊昨年大坂の兵乱で摂津と河内の両国の農民が逃散し、賦役を収納できなかったことはその通りであろうが、和議が成立したからには速やかに諸浪人どもを雇うのをやめるべきなのに、今の今まで一人も放出していない。それどころか山野に潜んでいる悪人どもを集めて雇い入れている。そんなことをしているから城内の食料が足りなくなるのだ
＊城内では常日頃から戦のための調練を実施し、武具を修繕しているとのことで、それが世間に伝わり、大坂が再び謀反との風説が流布する元になっている。
＊秀頼が盟約に違背するなどとは思っていないが、これだけの騒ぎになっては暫く人心を鎮めるために摂津河内両国に替えて大和一国を遣わそう
＊大和郡山に移り住んで五、七年の間には、大坂城を元のようにして遣わす事ができよう。その間の所領のことは西尾光教と伊奈忠政にしっかり見させるので問題はないというものだった。
この家康の言葉を聞く前にも、使者が帰らぬうちに徳川方の軍勢が大坂を目指してくるこ

とを知り、今回ばかりは一戦すべしと決めていた秀頼だったが、常光院たちから家康の伝言を聞いたので再び城内で皆の意見を聞いた。

宿将たちは揃って関東の言うことを聞いて大和に移り、時を待つのが上策と答えたが、気鋭の将たちは、大和に移って益々困窮して餓死するよりは君臣ともに存亡をかけた一戦をすべきと主張した。新規召抱えの者どもも関東の策謀に陥り、恥を後世に残すよりは華々しく一戦して勝敗を決するのが勇将、剛士の本意であると述べた。

秀頼と淀君は冬の陣の和睦条件を無視しての堀埋めに対し極めて憤りを感じていたので、一戦して決着をつけるとの意見を尤もなりとし、伊東長次を使いとして大御所家康の元にやった。

二条城に到着した伊東長次は大御所家康に秀頼からの口上を述べた。

「父太閤秀吉が多年、心力を尽くして築いた大坂城を出て他所へ移ることなどできるわけがございません。また、新規召抱えの者どもを放逐することもいたしかねます。この二つのことが大御所家康様及び将軍秀忠様にご承引戴けぬとあらば、この秀頼は一戦して討ち死にするのみにございます。ですから、ご人数を差し向けられればよろしかろう」

秀頼からの手切れの宣言である。

これを聞いた家康は既に捕らえてある先の使者、青木一重に加えて、今回の使者、伊東長次もそのまま捕えて、京都所司代板倉勝重に預けた。

家康はもう一度考え直すようにと後藤庄三郎光次を通じて大坂城内に伝えた。即ち、

「太閤の旧好捨てがたく、その上ご縁者の好黙止しがたく、また和談後たったの半年のうちにまたもや戦というのも嘆かわしきことである。今、将軍家が大軍を率いて伏見に到着している現実を見れば、大坂城がたちまちに落城となるのは目に見えている。そうすれば秀頼殿は自害なさることになるは必定。ここは翻意の上、和議を結び、大和に移られるべきだと思う。諸浪人のことは構わないから」

との趣旨だった。然し、昨年の冬に家康の謀略に引っかかって無念の思いの強い秀頼と淀君は、二度と騙されまいぞ、とこれに応じなかった。

もしこのとき、秀頼が大和への移封を受け入れたとしたら豊臣家は生き残ったか、答えはノーだろう。徳川家康はその律儀さを十二分に発揮して、何としても豊臣家をこの世から消し去ろうとしていたからだ。大和に移れば、また何かの理由をでっち上げてでも秀頼を討とうとした筈である。

さて、秀頼からの手切れ通告によっていよいよ動きは激しくなってきた。

四月二十四日の夜、藤堂高虎は陣触れをしてこう言った。

「明日は将軍家の先手としてこの淀を出立し、河内の砂に陣を敷くぞ」

淀城に忍び込んでいた大坂の忍びはこの高虎の言を聞き直ちに大坂城に注進に馳せた。そしてそれを聞いた大野治房は、藤堂高虎を討たんと考え、二十五日の夜に河内の砂まで軍を率いてきたがそこには藤堂高虎はいなかった。

河内の砂に布陣すると言った藤堂高虎は砂ではなく枚方に野陣を張っていた。淀城の軍勢の中に大坂方の忍びが紛れ込んでいると読んで、わざと砂に布陣すると言ったのだ。

そして、翌二十六日、藤堂高虎は星田に陣を移した。今度は家康の先手として井伊直孝が伏見を発して河内に向かって移動を始めた。それを知った大野治房は砂を退き払って二十七日に大和に転進した。

そこで藤堂高虎は星田から砂に陣を移し、砂に将軍秀忠の陣を張るべく準備にとりかかった。

砂に陣張りと見せて、枚方に布陣して大野治房に肩透かしを食わせ、星田の陣を経て、本来の目的地である砂に陣を移すなど、その駆け引きは虚虚実実、さすがと言うほかない。

大和に向かった大野治房は生駒の山を越え、郡山を焼きながら奈良へと進軍していたが、ちょうど大和にいた関東方の水野勝成は大坂勢の大和乱入の報を聞くや急ぎ奈良に向かい、また五條の二見の居城からは松倉重政が南側から郡山に駆けつけた。この情勢に大野治房は亀瀬越えをし、河内の国分を抜けて和泉の国に入り、二十八日には、紀州に攻め込むことを決した。

大野治長の家老、宮田照定は東軍の小出吉英が籠もる岸和田城の押さえとして大津（泉大津）に陣を張り、大野道犬は堺に陣を張り堺の町に火を放った。

塙団右衛門、岡部大学などは紀州に向かって先発した。ところがだ、紀州の城主浅野但馬守は大野治房の家来、北村善太夫を捕らえて大坂方の紀州侵攻を知り、二十九日明け方に大坂方が樫井に来るのを待ち伏せして攻撃した。不意をうたれた大坂方は総崩れになり、塙団右衛門などは戦死した。残りは全て大坂に逃げ帰った。

ここでの動きで分かるように、大坂方は緒戦から敗北を続けている。動きがバラバラで全体の指揮がうまくいっていないことがわかる。秀頼という戦を知らぬ若者が総大将であり、それに戦にまで口を出す淀君が付いているのだから、若い時から戦に明け暮れた家康に戦で勝つことなど所詮無理だったのではないだろうか。

さて場面は大坂夏の陣のクライマックスの一週間に入ってきた。日を追って両軍の動きをまとめていこう。
五月一日、大坂城の秀頼は軍列を整えて城の内外を巡検し、軍勢の士気を鼓舞した。徳川と雌雄を決する一戦であることを明確にしたのだ。時に大坂方の兵はその数六万七千といわれている。
その時の大坂方の布陣は、
二の丸玉造口（大和口、黒門口）押さえ：蒲田隼人正、槙島庄太夫他
若江表：木村長門守
久宝寺表：長宗我部宮内少輔
道明寺表：後藤又兵衛
平野表：真田左衛門佐
天王寺表茶臼山：真田大助、江原右近、御宿越前守、大谷大学、他
岡山表：明石全登、永岡与五郎他
茶臼山岡山手代わり：堀田図書、速水甲斐守他
河内国砂村：山口左馬助、内藤新十郎他
となっていた。

五月三日、藤堂高虎は砂から千塚に陣を替え、井伊直孝も高安の天神馬場の松原に陣を替えた。

五月五日、将軍秀忠は八万五千の兵を率いて伏見城を出発し砂に陣を張った。大御所家康も四万の兵を率いて二条城を出発し星田に陣を張った。大和路から進撃した諸将の部隊は河内の国分に陣を取った。

家康は出発に当たり、

「大坂城を四面とも囲んで攻めれば、敵も必死となり我が陣営に死傷者が増えよう。天満口を空けておいて逃れやすくするのじゃ」

と諸軍に命じた。

この日後藤又兵衛の平野の陣を毛利勝永と真田幸村が訪ね、

「明日五月六日は決戦の日となる。我々にとっての最期の日となるであろう。周りには目もくれずに将軍秀忠と大御所家康の旗本めがけて突っ込もうぞ」

と申し合わせた。

同様に家康の星田の陣でも軍議が開かれ、六日には道明寺表に進出し、大坂方が出てくるならば一戦すると決めた。

さてこの道明寺表であるが、そこには玉手山という小高い丘がある。この丘の上からは大坂平野が一望できるばかりか、現代の汚れた空気であっても大坂城が見えるのだ。大坂夏の陣の時代には建物もなく、天王寺村くらいしか大きな集落もなかっただろうから、大坂平野に旗印を掲げて展開する諸軍の様子はまるで戦国の合戦屏風絵のように見えたものと思われる。

五月六日、後藤又兵衛基次は東軍の先鋒と戦うべく道明寺に陣を敷き、先手を片山に置いた。木村長門守、長宗我部盛親は家康と秀忠の本陣を攻撃しようとし、木村長門守は岩田、若江を、長宗我部盛親は八尾、久宝寺、平野を移動した。

この時大和路から河内に入った東軍、即ち徳川方の軍勢は御撰大坂記によれば以下のようであった。

一番　水野日向守勝成（大将）、松倉豊後守重政、堀丹後守直寄、堀式部少輔直之、丹波式部少輔氏信、神保長三郎相茂、別所孫次郎、桑山加賀守元晴、桑山左衛門亮佐一直、桑山左近太夫貞晴、本多左京亮、秋山右近、藤堂将監嘉以、山岡図書、多賀左近常長、村越三十郎、甲斐庄喜衛門正房、奥田三郎右衛門忠次、松倉十左衛門

二番　本多美濃守忠政（大将）、菅沼織部正定芳、古田大膳太夫重治、分部左京亮光信

三番　松平下総守忠明（大将）、一柳監物直盛、遠山久兵衛友政、徳永左馬助昌重、西尾豊後守光教、西尾出雲守嘉教、堀東市正利重

大和口出張　松平陸奥守政宗、松平上総介忠輝、溝口伯耆守定勝

（註）松平陸奥守政宗は伊達政宗のこと。

それでは、台徳院殿御実記、摂戦実録、家忠日記、伊達家伝、片倉家譜、難波軍艦大全、横田家伝、駿府政事録、藤堂家伝、榊原家伝、山口家伝、武徳大成記、本多家伝、小笠原家伝、などなどを元に大坂夏の陣の描写に取り組むことにする。

伊達政宗は大和口のお先手を仰せつかった。婿の松平忠輝の添え役となっていた。然し政宗の軍は冬の陣の後国元に帰していたので、時をあまり空けぬ合戦となり、諸将の集まりが悪く、十分な態勢ではなかった。然し、伊達家随一の片倉家では、冬の陣の際片倉備中景綱が倅の小十郎重綱に、

「この度は必ず和睦となる。然し来年には再乱となる筈じゃ。そのように心得て準備おさ

おさ怠りなくいたすように」

と言っていた。

この言いつけを守って片倉小十郎はいつにても出陣ができるように態勢を整えていた。そのため、陣触れを受けた後直ちに国元から軍勢が駆けつけた。騎馬の武者六十騎、徒の者百人が黒鳥毛の鑓をもって参集、鉄砲隊三百丁、鑓隊二百人、弓隊百人など合計千人余だった。

五月五日の申の刻（午後四時ごろ）道明寺口の片山の麓に片倉軍は到着した。片倉小十郎は軍を二つに分け、鉄砲二百、弓五十、長鑓百を片山に隠し、騎馬の者、鉄砲百、弓五十、長鑓百と徒の者鑓百を片山の麓を少しひいたところに配置し、所々に伏兵を配し、物見を派遣した。そして、

「今夜、必ず夜襲がある。者ども眠るな、油断するな」

と命じて、片倉小十郎自身、陣中の見回りを続けた。

夜明け前に軍勢は兵糧をつかった。そこへ物見に出ていた片平與左衛門が駆け込んできた。

「殿。敵が早、来たり候」

「敵の数はいかほどじゃ」

と小十郎が聞く。

「はっ、小勢にて皆赤装束にございます」

「よし、かねて申し付けた如くに戦え。片山を決して敵の手に渡すな」

小十郎は勢いよく立ち上がった。

大坂方の後藤又兵衛の軍勢が片山の麓に押し寄せてきた。まず伏兵が声を上げ、鉄砲を撃ちかけたが、後藤軍は構わずに片山に登り始めた。

これに対し、山から声を上げ鉄砲を撃ちかけた。片倉小十郎は、

「片山を取られるな」

と叫んで、自ら片山の上に移り、戦った。激しい戦となり、この戦いで片倉軍の長柄奉行須田弥平左衛門が討ち死にするほどだったが、漸く大坂方を山から追い落とした。然し、敵軍には蒲田隼人正が加わり、後藤又兵衛とともに片山の麓に攻めてきて、大激戦となった。

蒲田隼人正は早朝、鑓もち一人を連れて後藤又兵衛の陣に来て、

「我らは再び帰らぬ覚悟で戦い申す。戦の半ばに至ったらば、馬を片山に向け、水野日向守勝成の軍勢に向けて攻め込む……」

と言った。大坂冬の陣で女と遊んでいて留守の間に博労が崎の砦を関東方にいとも簡単に

奪われた恥をすすごうと心に決めていたのである。

そして蒲田隼人正は、水野日向守勝成の隊に単騎で乗り入った。ところが、水野勢の河村新八郎を組み伏せたところに駆けつけた、水野日向守の家来、中河島之助と寺島助九郎の二人に討ち取られてしまった。蒲田隼人正は死に場所を求めていたのだから満足だったのではないだろうか。

（蒲田隼人正を討ち取ったのは片倉小十郎の家来、渋谷右馬允と伊達家伝に記述有り。そのとき刀、脇差などを分捕った、とあるので物証がある点から見てこの方が正しいのかもしれない）

片山での緒戦に勝利を得た片倉小十郎は、長追いをせぬように指示し、兵をまとめ、次にかかるべき敵を見定めようとした。すると、さっき負けて逃げた赤備えが向こうに見えた。

赤備えに向かって掛かろうとすると敵は鑓襖を作って待ち受けている。小十郎は、騎馬武者に徒の者を前後に立て、更に足軽たちを左右に展開させて、敵の主だった者を狙って打ち込む様に指示をした。そして、法螺と太鼓をならしながら静かに近づいた。機熟したりと先駆けた騎馬武者たちは敵を崩したが、犠牲も多く、次々に討ち取られる者が出た。然し同時に敵の陣形も崩れ、追いつ返しつ戦う混戦となった。

その中で、栗毛の馬に梨地の鞍を置いて乗り回している後藤又兵衛を発見し、鉄砲を撃ちかけた。狙いは違わず当たり、後藤又兵衛は馬から落ちた。しかし、敵の者どもは後藤を守ってどんどん下がっていくので首が取れなかった。

第一戦に勝利を得、関東型の奥田三郎右衛門を討ち取り、第二戦でも松倉豊後守を突き崩した後藤又兵衛も、大和組、美濃組、奥州勢の特に片倉小十郎の手の者の総がかりに敗軍となった。その中で鉄砲に当たった後藤又兵衛は、歩くこともできぬ状態だった。

後藤又兵衛は、もはやこれまで、と甲冑をその場で脱ぎ、家人金森平右衛門に首を打たせた。

「我が首は具足羽織にて包み、敵に取られぬように深田に埋めよ」

との遺言に従って、後藤又兵衛の首は隠された。

この戦いでは片倉小十郎自身も太刀打ちし、敵の騎馬武者四人を斬り落とした。そのうち二人は家人に首を取らせたが、三人目は組討となって小十郎重綱が危なくなった。駆けつけた家人が敵のかぶとを押さえつけている間に、片倉小十郎自らが敵の首を落とした。この敵は真田幸村の影武者である穴山小助ではないかとその節有名になった。

最後の一人はうち捨てにした。この時の刀は「大原眞守肌小袖」と言い、数箇所に傷があったという。

だが、主君自ら敵陣に乗り込み敵と切り結ぶというこの時代の主人のあり方を見るに、現代の政治家、役人、地方自治体の長に見られる、保身に走る姿の何と情けないことか。主従の情が通わぬ弱い絆ではなすべきこともなしえないであろう。

毛利豊前守は天王寺を発し、藤井寺まで押し出したところで後藤又兵衛が既に討ち死にしたことを知った。前からは敗軍となった大坂方の軍勢が敗走してきていた。然しそこに、真田幸村の軍勢七〜八千がやってきたのを見て毛利豊前守も士気が上がるのを感じていた。

然し、真田幸村と同様にやってきた、福島伊賀守、福島武蔵、渡邊内蔵助、大谷大学、伊木七郎右衛門などは毛利豊前守と一緒にはならずに通り越して、誉田の方へ向かい、伊達政宗の先手と戦い始めた。

最初は片倉小十郎勢に利なく、誉田へ崩れていったが、やがて片倉勢は勢力を盛り返し、真田勢を押し返した。その後真田勢は毛利豊前守の軍勢に合流した。この戦いで渡邊内蔵助と、真田幸村の倅、大助はともに負傷した。

真田幸村は毛利豊前守に言った。

「手前、合流の時刻を間違えてしまい、到着が遅くなり、後藤又兵衛殿を始めとして幾人もの重要な武将をして討ち死にさせてしまった。この上は色々策を考えるまでもないと一戦に及んだのだが、何事も拍子が違う（タイミングがずれている）のは秀頼公の御運の末（運の尽き）と存ずる」

その真田幸村のいかにも無念の表情に、毛利豊前守は、

「もはや、ここから先は知れたことでござれば、今日この合戦の場で討ち死にし、埒をあけるのが良いとは思われぬか」

と問いかけた。

「我等もそれがよろしかろうと存ずる」

と真田幸村が応じた。

そこへ、大野治長から秀頼公の下知が使い番によってもたらされた。曰く、

「関東勢が段々その数を増して押し寄せてきているので、そこを引き払って早々に帰城せよ」

と。

真田幸村も、毛利豊前守も他のところの戦況を知らぬこともあり、その日のうちの討ち死にを暫く見合わせることにし、大坂城に退いた。

真田幸村の決意

大坂城に戻った真田幸村は五月六日の戦いの生き残りを集めた。そして血糊の着いた具足のまま冑だけを取り、石垣に腰掛けて部下たちに言った。

「本日の戦を省みるに、蒲田隼人正は討ち取られ、後藤又兵衛もまた関東方の鉄砲に倒れた。我らの落ちあう時刻もやむなくずれ申した。全てにちぐはぐ、それに伊達政宗の家臣、片倉小十郎勢の強いこと。秀頼殿のご運もこれまでかと存ぜられる」

「では負け戦でござるか……」

溜息とも嘆きとも取れるざわめきが起こった。

「よく聞いてくれ。このままでは負け戦は必至じゃ。だが、それを変える手立てが一つだけ残っておる」

「それは、それは如何なる手立て」

居並ぶ兵たちの目は真田幸村に注がれていた。

「この戦に勝てたとしても明日の戦では我らは全員命を落とすことになろう。もし、生きて国に帰ろうと思うのならば今ここから抜けてよい。明日の決戦に命の惜しい武者など要らぬ。この幸村とともに戦い、命をともに捨ててくれる者だけで幸村最後の戦をしたいのじゃ。さっ、逃れるのならば今しかないぞ。逃れたとしてもこの幸村少しも恨まぬ。今日までの精励まことに有難く、この通り礼を申す」

真田幸村は頭を垂れた。

「勿体無い。よし、明日は皆で死のうではないか」

「そうよ、幸村様の下知どおりに戦って名を残そうぞ」

皆の心が一つになってきていた。

「有り難きかな。然し、今日の戦で手傷を負った者は連れてはいけぬ。今日のうちに城を出よ。幸い徳川家康は城を抜け出る者のために天満口を空けておる」

「負傷したとて何もできぬわけではござらぬ。明日負傷した者は幸村様とともに死ねて今日負傷した者はそれが叶わぬとは理が通りませぬぞ」

と大声で言った侍がいた。見れば鑓を杖にして立っている。

「それほどまでに幸村を慕ってくれるか……」

真田幸村は泣いていた。肩が震えているのが遠目にも分かった。それを見た家来たちは感

極まり、

「殿……、幸村様……」

と声を詰まらせた。大きな声で泣き出す者もいる。

真田幸村が顔を起こした。ザンバラ髪が悲壮感を増す。

「ともに死ぬるか。いや、有りがたし。こりゃ大将冥利につきる」

と言って、辺りを見回し、

「この戦、いやこの日の本の国の戦の歴史に残る戦を明日は行う」

「おお」

「この戦は籠城戦ではない。堀を全て埋められた城などもう城ではない。そのために昨年の戦とは異なり、このたびの戦は野戦となっておる。然し野戦となれば、兵の数が倍する関東方が当然のことながら有利じゃ。今日の戦でもそれは分かろうと言うものじゃ。鑓で突いても、突いても、刀で切っても、切っても後から後から敵が現れる。当たり前の戦では勝てぬのじゃ。そこで明日は、周りの敵どもには目もくれず、ただひたすらに徳川家康の首を狙うことにする」

「で、その戦法は」

「野戦では伏兵を配し、左右に陣を広げ、相手を包み込んでの戦いが普通じゃが、この度の真田は一本の鑓の如くなって大御所家康を貫くのじゃ」

「では、守りはせぬのですな」

「いかにも。守りは我等が死なぬための策、全員討ち死にと覚悟を決めたる上は守りは無用、ただひたすらに突き進む」

「家康本陣までは距離があり申す。行きつく前に疲れきっては」

「良いか、明日の真田の軍は今いる三千五百のうち負傷なしの三千を三段に分ける。つまり一段が千人じゃ。この中に真田幸村の影を三人ずつ置く。一段目が敵に突入してくさびを打ち込む。続いて二段目が一段目の中を突き抜けて前に出る。そして三段目が二段目の中を突き抜けて前に出る。こうすれば常に新手が敵に突っ込む形を取れる」

「それでは手負いの五百は」

「矢、弾、兵糧、火薬などを荷車に載せ戻ってきた者たちに補給するのよ。これは重要な役割ぞ。勿論負傷者の傷の手当もこの隊の仕事じゃ」

「分かり申した。聞いているうちに、明日は死ぬと言うのに楽しゅうなってきましたぞ」

「わしもそうじゃ。このような戦、しとうてもできなんだ。よき冥土の土産話になろうというものじゃ」

「このような戦であれば、敵を突き破って、敵の大将家康を討てる気がしてきたわ」

負傷した者までその痛みを忘れて笑っているではないか。

「良いか、野戦の敵は戦場一杯に広がっておる。その分家康本陣までの敵兵は薄い。真田鑓の陣が家康に届くこと、不可能ではないと知れ」

「真田鑓の陣……」

皆、新しい言葉に酔った。

「もう一つある。別働隊を、真田忍びを中心に作る」

「真田忍びの別働隊……」

「この別働隊には地雷火を扱ってもらう。勿論家康本陣の探索などもな」

「敵はこの地雷火の威力をあまり知らぬ。明日の戦が楽しみになってまいった。さて、それでは今宵は美味いものを食べ、ゆるりとしようぞ。ただ寝る前には明日の用意だけは抜かりなくいたせ。払暁から忙しゅうなるからの」

真田幸村の十文字鑓

いよいよ夏の陣最後の、慶長二十年五月七日になった。この日の東軍諸将の手配は以下のようになっていた。

御先手：　越前少将忠直、松平筑前守利光
御旗本御先手：　藤堂和泉守高虎、井伊掃部守直孝
関東諸氏の組頭：榊原遠江守康勝、榊原式部少輔忠次、酒井左衛門尉家次、本多出雲守忠朝
榊原遠江守康勝に属するのは、小笠原兵部大輔秀政、小笠原信濃守忠脩、仙石兵部大輔忠政、保科肥後守正光、丹羽五郎左衛門長重、諏訪出雲守忠澄、藤田能登守信吉
酒井左衛門尉家次に属するのは、松平丹波守康長、松平甲斐守忠良、松平安房守信吉、牧野駿河守忠成、松平右近将監成重、水谷伊勢守勝隆、内藤帯刀忠興、六郷兵庫頭政乗、稲垣摂津守重種

本多出雲守忠朝に属するのは、浅野采女正長重、秋田城介実季、成田左馬助氏宗、成田内記、松平石見守重綱、植村主膳正泰勝、須賀摂津守

その他の、本多美濃守康紀、本多縫殿助康俊等は大和路を発った者たちと同様に天王寺に至った。

御旗本の組頭：酒井雅楽頭忠世、土井大炊頭利勝

酒井雅楽頭に属するのは、細川玄番頭興元、土方丹後守雄氏、土方掃部頭雄重、新庄越前守直定、杉原伯耆守長房

土井大炊頭に属するのは、佐久間備前守安次、佐久間大膳亮勝之、脇坂淡路守安之、堀美作守親良、堀淡路守直重、堀東市正利重、溝口伊豆守善勝、由良信濃守眞繁

この外御旗本辺りにある者：本多佐渡守正信、本多大隈守忠純、高力左近太夫忠房、鳥居土佐守成次、日根野織部正吉明、前田大和守利孝、立花左近将監宗重、立花主膳正直次

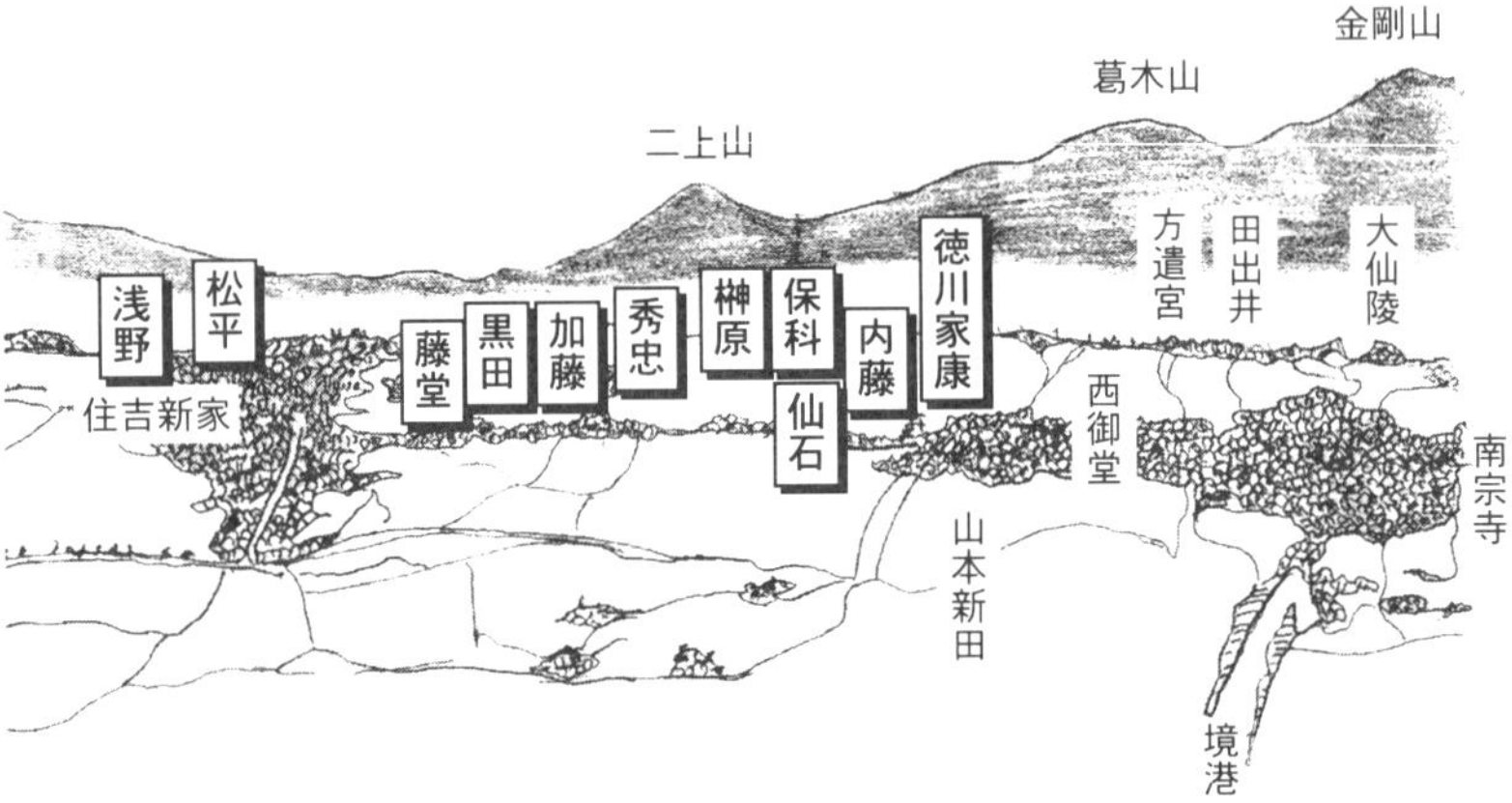

大坂夏の陣　慶長二十年五月七日

（小野 清著『大坂城誌』中の第五図を模写・加筆・修正したもの）

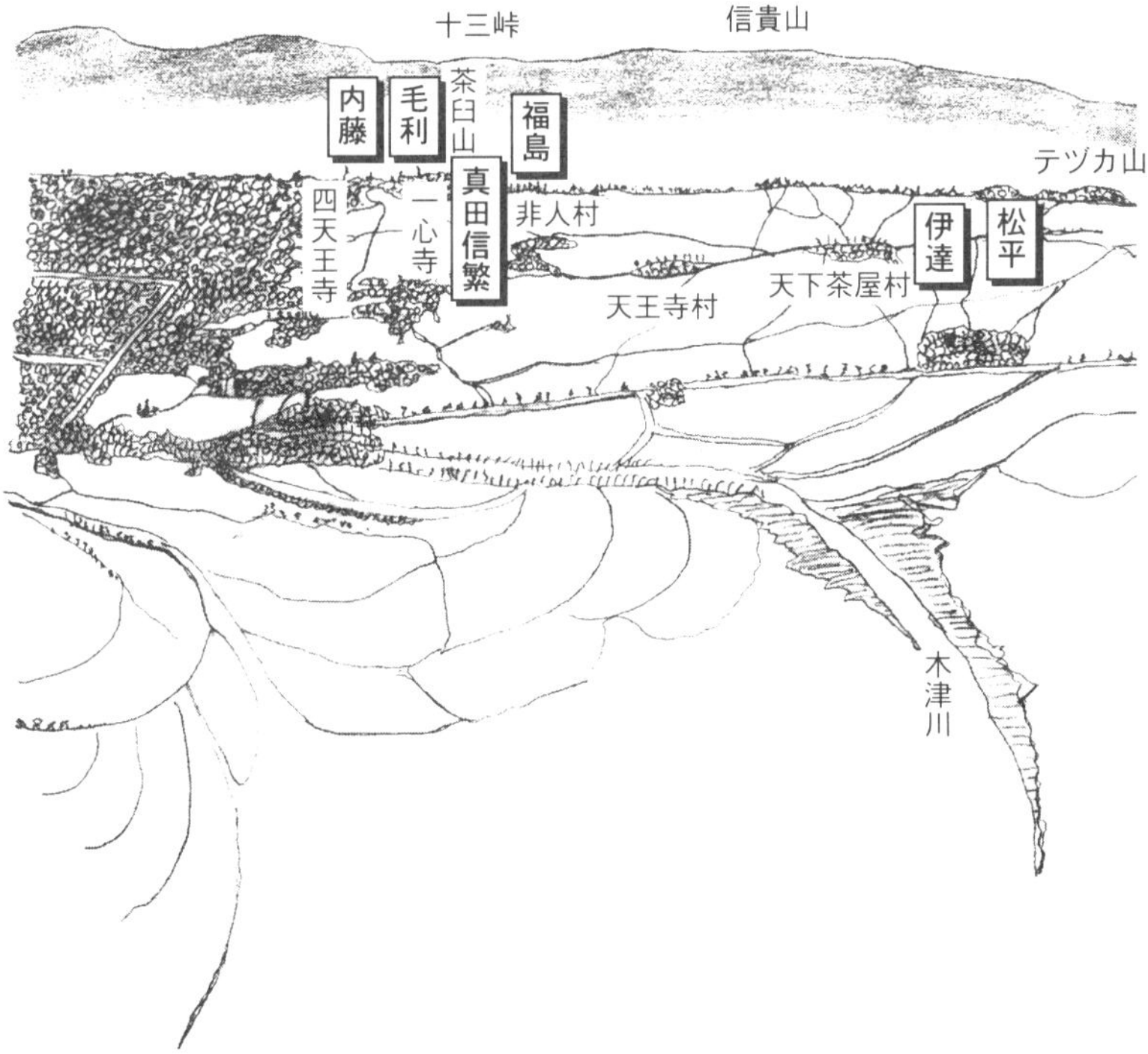

十三峠
信貴山
内藤
毛利
茶臼山
福島
テヅカ山
真田信繁
四天王寺
一心寺
非人村
伊達
松平
天王寺村
天下茶屋村
木津川

将軍家大御番頭（旗本の左右の備えとして布陣）：安部備中守正次、高木主水正正次
御書院番頭（旗本の左右の備えとして布陣）：青山伯耆守忠俊、水野隼人正忠清、内藤若狭守清次、松平越中守定綱
この外、各所に陣張りする者：松平伊予守忠昌、松平武蔵守利隆、森美作守忠政、京極若狭守忠高、京極丹後守高知、堀尾山城守忠晴、有馬玄番頭豊氏、毛利甲斐守秀元、細川内記忠利、加藤式部少輔明成、関長門守一政、石川主殿頭忠総、池田備中守長幸、山崎甲斐守家治、加藤左近太夫貞泰、別所豊後守吉治、谷出羽守衛友
諸道具奉行：伊東長兵衛弘祐、小野次郎右衛門忠明、神谷與七郎清正、石川市左衛門、山角又兵衛正勝、青木五左衛門高頼
宿割：横地杢右衛門安信
大押：坪内半三郎定次
五月七日の寅の刻（午前四時）、将軍秀忠は平岡を出発し、岡山に向けて移動を開始し

た。大御所家康は卯の刻（午前六時）に輿に乗って出発した。

茶臼山は現在の阿倍野駅の直ぐ裏に当たる小高い丘である。その北には更に高まりがあり、そこに古代からの安居神社がある。この安居神社は菅原道真が筑紫に左遷されるときに休憩した場所とか。境内には「安井」または「かんしずめの井」と呼ばれた清冽なる水の湧出する井戸があり霊水として広く知られていた。現在、井戸は枯れてしまっているが大坂夏の陣の頃には水が湧き出ていた筈だ。

この安居神社のすぐ西には聖徳太子の時代には海が迫っていたと言う。そして船出する遣隋使を乗せた船を聖徳太子が見送った場所とも言う。

さて、この茶臼山に真田勢などが陣を張った。その兵の数は時とともに増え続けた。それを見た水野勝成は、

「はや、巳の刻（午前十時）におよび候。茶臼山の敵陣次第にかさみみえて候。速やかに戦を取り結びしかるべし」

と大御所家康に使いを出し、安藤重信も、

「天王寺の寄せ手ども合戦取り結び候へば、急ぎ岡山筋は旗を進め候。早く御輿をも進め給うべし」

との使いが来た。

そこで大御所家康は、輿から馬に乗り物を替えて、天王寺表に移動を開始した。

つまり、巳の刻には茶臼山辺りで戦が始まっていたようだ。この日、真田勢は茶臼山に陣を敷いていた。そして、東軍の越前勢二万を正面に引き受けていた。

真田幸村は真田忍びの棟梁の佐助を呼んだ。正面からは越前勢が猛烈な砂埃を起こしながら前進してくる。既に先端同士での小競り合いが始まっていた。

「佐助、真田鑓の陣が働ける状況を作り出してくれ。ゆっくり、じっくり双方が野戦をするのでは鑓の陣は奏効せぬ。ひたひたと押してまいる敵方に混乱をつくってはくれぬか。できれば大混乱を、な」

「畏まりました。鑓の陣の狙うは大御所家康の首一つ、家康本陣の前備えと脇備えを浮き足立たせれば奥深く、本陣にまで鑓は届くでございましょう。我等も今日が最期と覚悟を決めておりますれば必ずや崩してご覧に入れまする」

「佐助、あとには言葉を交わす暇もあるまいと思う。これまでの忠勤、この幸村終生忘れぬ。見事家康の白髪首を取って、あの世でお互いに武勇を語り合おうぞ」

「何の勿体無い。真田忍び一同お屋形様に出会い、このような戦ができることを誇りに思っ

ております る。今日一日、真田忍びの技を全て使って見せましょうほどに。さて、時が迫り申した、ならばお屋形様、次は冥土にて……」

「うむ、さらばじゃ」

その声に佐助は幸村の前から消えた。

真田勢は昨日の打ち合わせどおりに三段に軍勢を分けていた。それぞれの段には黒い馬に跨り、十文字鑓を小脇に抱えた真田幸村の影武者が配属された。そして補給を行う荷車隊には予備の影武者も用意された。騎馬の者も、徒の者も全ては赤備えである。即ち戦場でもっとも目立つ、赤の、冑、鎧、腹巻、鑓などを着用又所持していた。

既に全ての準備は出来上がっていた。敵の陣形が崩れれば直ぐに真田の鑓は敵の陣形を突き破り家康の胸板めがけて突き進む筈だった。その陣形なるが故にじっくり押し迫る、隊列を乱さぬ越前勢との戦いには不利だった。真田勢はじりじりと後ろに下がった。

……突入の時期はまだか、まだ何も起こらぬか……真田勢の心ははやり、焦っていた。

ちょうどその頃、佐助に率いられた真田忍びが浅野但馬守の紀州勢の前に集結していた。

そして、姿が見えるようにして今にも手が届く位置を保ちながら逃げ始めた。

目の前を逃げるウサギに、つい我を忘れて追走する犬の様に、紀州兵たちはついつい進撃速度ではなく追撃速度で前に出始めてしまった。茶臼山近辺では越前勢と真田勢が対峙している。その脇をなんと紀州勢が通り過ぎていくではないか。

越前勢は目を見張った。紀州勢の前には敵がいない。既に敵である真田勢の横を猛スピードで駆け抜けて大坂方の支配地にどんどん入っていくではないか。

このとき、越前勢の中に紛れ込んでいた真田忍びが、

「紀州殿、裏切り、裏切りでござるぞ」

「紀州浅野殿御謀反にござるぞ」

と各所で叫んだ。

それを聞いた足軽どもが、それに輪をかけた大声で、

「浅野殿御謀反、裏切りでござるぞ」

と叫びながら、敵方に背を向けて逃げ始めた。

群集心理は不思議なものだ。前線の足軽どもが、紀州浅野但馬守が裏切ったと逃げ始めると、まだ誰も攻めてこぬのに皆が逃げ急ぎ始める。前に向かおうとしていた軍勢と逃げ帰ろうとする軍勢が混乱状態の中で衝突し摩擦を起こす。もう何が起こっているのか分からぬ世界になってしまった。

そこへ、銃声が二つ、三つ鳴り響いた。それを敵の銃声と聞いた軍勢は総崩れになった。天王寺の西に展開した軍勢から岡山に展開した軍勢に至るまで徳川方（東軍）は訳の分からぬままに崩れ始めたのだ。まるで大坂平野全体に展開した徳川の軍勢がドミノ倒しにあったように後ろ向きになり、逃げ崩れたのである。

越前勢の進軍した後に駒を進め、茶臼山の傍にまで来ていた家康の本陣も崩れ始めていた。

大御所家康は、自軍の崩れに激怒、

「何たる見苦しき様。この卑怯者めらが」

と叫び、馬に乗るや、自ら駆け出そうとした。然し轡をとる者は決して轡を離さなかった。家康は焦れに焦れて、轡とりの頭を鞭で打ち据えたがそれでも轡を離さなかった。ここまでは家康の運はしっかりしていたのである。

「でかした、佐助」

真田幸村は、自壊してゆく東軍の様子を見ながら叫んでいた。真田最後の決戦の舞台としてこれ以上はない状況をほんの十数人の真田忍びが作り出したのだ。

前面は総崩れの東軍が作り出した猛烈な埃で視界不良である。真田幸村は馬上で背伸びをした。

「皆の者、聞けやぁ。今こそ真田の鑓を天下に示す時じゃ。よいかぁ。目指すは家康の首一つ。敵は討ち捨てにせよ。首を持ち帰るところは我等にはない。残すは名、のみぞ。いざ、戦え。皆の者、冥土にて再びあいまみえん。第一隊、続けぇ」

とうとう真田の鑓が動き出した。約千人のうちの二百騎ほどが先ずは一本の線の様になって敵陣に走りこんでいく。騎馬武者は全員脇に鑓を抱え込んでいる。

騎馬武者は全速力で浮き足立って逃げる敵陣に突き進んでいった。驚いたのは徳川方だ。猛烈な砂埃の中を、鑓をそろえて突入してくる真田の騎馬武者の鑓に仲間が次々に背中から刺されている。勿論踏みとどまる者もいるが一旦逃げ腰になった兵の力は普段の半分にも満たない。

と、真田の騎馬の列が鑓から傘状に開き始めた。騎馬の列の内側から何かが周囲に投げられている。暫くして大音響が響き始めた。地雷火が爆発したのだった。真田の騎馬を取り込めようと群がり寄ってきた東軍の中で爆発した地雷火は周囲二十メートルの範囲にいた者を吹き飛ばし、粉砕した。味方の体の一部が飛んでくる、猛烈な砂塵が巻き上がる、もうそれは地獄のような有様だった。

開き始めた傘の先端から新しい鑓が真っ直ぐに、猛烈な勢いで敵陣を突き裂いていく。新手なだけに疲れがないためか、目の前の敵兵を次々に鑓で突き刺していく。不思議なことに決して首をとろうとしない。明日がないと決めた彼らには恩賞のための首も、唐人どもの薬製作のために売る首も必要なかったのだ。

この真田の鑓の陣に、浅野侯裏切りで崩れかけた東軍は大混乱に陥っていた。家康の本陣でも前方の埃の中で自軍が崩れに崩れたことが分かった。

「大御所様、味方が崩れておりまする。陣を下げて立て直しましょうぞ」

供回りの数騎を連れた本多正信が家康に言った。

「わしは徳川の総帥ぞ。我が旗印が下がっては味方の士気にかかわるわ。三方が原のとき以来、我が旗印は下がったことなどない。あそこに突っ込んできているのはどこの者か」

「あれは真田幸村が軍勢にございます。六文銭の旗が見えまする。あの赤備え、敵ながら見事な……」

「あの突っ込みようはわしを狙っているのだ。周りの軍勢には目も呉れず、刺し捨て、切捨てで首も取らずに一直線にわしに向かっておる。藤堂高虎を差し向けよ。あの鑓の穂先のような真田勢を押し込めよ」

「はっ、左様に」

すぐさま使い番が本陣の脇備えの藤堂陣に走った。

「それはそれとして、ここにいては危のうござる。陣を下げましょうぞ、それっ」

本多正信のその声に馬の轡とりは馬の向きを反転させると南に移動し始めた。

「な、何をいたす。ここで踏みとどまると申す大将の下知が聞こえぬか」

家康は怒った。そして鐙から足を外すと轡とりの頭を思い切り蹴った。その瞬間、轡とりは馬を走らせてしまった。

本陣の幔幕は畳まれ、馬印も兵に担がれて後退しつつあった。本来敵に正面を向けたまま、後ずさりをしていくのが兵法なのだが、今はそんな余裕などなく、我先にと後方に走っていくのであった。

……なんと言うことだ。これが徳川の本陣の戦での姿か。それにしても真田幸村とは大した男よ。何度も九度山に使者を送って徳川に仕えよと申したが断られた。わしが自ら足を運ぶべきであったな。それにしても真田の何と強いことよ……

家康は心の中で呟いていた。

既に一里も後退していた。家康は小さな高まりを見つけ、ここで踏みとどまることを命じた。旗本も藤堂高虎も本多正信の軍勢も家康本陣の周りに集結してきた。

既に敵味方の区別もつけがたく、家康守護の軍勢は鉄砲隊を前に出して、前方をめくら撃ちに撃っていた。猛烈な埃で視界が利かない中、埃の中から突如姿を現す者が敵か味方などまったく分からなかった。

真田の鑓の陣も、既に三段の鑓が数回転以上していた。突撃のたびに或いは鉄砲に当たって落馬する者が出、矢に当たって倒れる徒の者もあった。忍びたちが投げ入れる地雷火は敵を吹き飛ばしたが、その土煙は鑓の陣の視界をもさえぎった。それゆえに敵の位置や攻撃が読めなくなっていた。敵は数万、味方は三千、如何に細い鑓の陣形で突っ込んでいるとは言え厚い壁は簡単には突破できなくなってきた。

真田幸村が後方に下がってきた。補給の荷駄隊のところで、握り飯を食い、竹筒の水を飲んだ。愛馬にも十分な水を飲ませた。配下の者が近づいて幸村の手と腕を揉んでいる。既に十文字鑓を握り締めて長い時間がたっていた。鑓から手がはがれぬほど疲れが出ていた。

幸村は冑を外すと頭から水をかぶった。体からも頭からも湯気が出ている。

「よし」

と言って幸村は立ち上がり、冑を脱いだまま馬に跨った。馬が、ブルルルーと鼻息を鳴らした。

「皆の者」

と見回した。味方の数は三分の一以下に減っていた。負傷者も多かった。

「これより最後の突撃を行う。大御所家康の周りには旗本どもが駆けつけ守りが堅くなりつつある。我らは小勢、もはやあと一撃しか力はあるまい。皆疲れきっておることは十分承知だ。この一撃は即ち死出での旅、わしとともに死ぬ者だけ付いてこい。傷をおうた者は城に戻り、金を受け取って逃れ落ちよ。そして我等が戦を語り継げ。佐助、忍びを馬に乗せわしに続け、わしの前の者を火薬にて吹き飛ばせ。よいか、目指すは家康ただ一人ぞ」

「おお」

「荷駄隊、ご苦労であった。もう補給は不要となった。皆、ようやった、落ち延びてくれい」

荷駄隊を務めてきた負傷者たち、今日の鑓の陣で負傷した者たちが真田幸村の前に近寄ってきた。足を引きずる者、背中に矢が刺さったままの者、血を流しながらの者、杖に縋る者、体の自由が利かぬのに幸村のそばに寄ってきた。

「皆、本当にご苦労じゃった。この幸村、みなのことは決して忘れぬ」

「お屋形様、我らはお屋形様にお仕えして幸せでござった。ここにてお別れ申します。御本懐をお祈り申しております」

「殿様、御本懐を」

「御本懐を」

「いざ、家康を」

みなが口々に本懐を遂げるようにといった言葉を受けて、真田幸村は馬を反転させた。

と言うと真田幸村は拍車で馬の腹を蹴った。幸村の馬が駆け出した。それに続いて二百騎ばかりが走り出した。幸村の周りに裸馬が十数頭走っている。いや、裸馬ではない。佐助以下の忍びが馬に乗り、馬の脇につけた地雷火などを点検していたのだ。

……なんと言う敵の壁だ。敵兵が密集していて、なかなか突破できない、前進もはかどらない。だが、これだけ敵兵が集まっていると言うことは集まって守るべき者がこの先にいる。それは大御所家康ではないのか。もう目と鼻の先に真田の鍵の陣の目的地があるのかもしれぬ……

真田幸村はそう感じていた。その時だ、すっと吹いた風に前の埃が少し移動し、前方が見えたのだ。

「何っ」

真田幸村は驚きの目で前方を見詰めた。

……あれに見えるは金の扇の馬印、あれこそ家康の本陣ぞ……

埃の切れ間から、ほんの十五間（三十メートル）ほど先に大御所家康の馬印である金の扇が輝いているのが見えた。

「佐助ぇ」

群がる敵兵を次々に鑓で突き倒しながら真田幸村は佐助を呼んだ。

「佐助にございます」

時をおかずに佐助が幸村の横に馬を寄せてきた。佐助も既に血まみれになっている。負傷もしているようだ。

「佐助見たか。家康は直ぐこの前におる」

「いかにも」

「なれば最後の突撃をし、家康の命を戴く。この一撃に全てを賭けるつもりじゃ。佐助、この厚い守りにひびを入れてくれぬか」

「畏まって候。ならば殿、これにて今生のお別れ……」

と叫ぶや、佐助は懐に手を入れ小さな包みをぎゅっと握った。それは佐助の愛する女の髪だった。が、それは一瞬のこと、佐助は腰から細い筒を取り出し空に向けた。バン、と音がし、空中に光が上がった。真田忍びの合図なのであろう。すぐさま三頭の馬が駆けつけてきた。いや、三頭しかもう残ってはいなかったのだ。

佐助を入れての四頭は数間下がると、勢いをつけて東軍の軍兵の密集に全速力で突っ込んだ。敵の鑓襖がそれぞれを囲んだ。佐助も部下の忍びも敵の鑓に刺された。それでも佐助たちは一歩でも敵の奥深くに進もうともがいた。

然し、敵に押し込められ、既に動けなくなった。敵の鑓は容赦なく佐助たちの体を貫く。すでに助からぬのは明白だった。

その時だ。佐助と部下の忍びが体につけていた地雷火に火をつけた。轟音が響いた。群がっていた敵兵が吹き飛ばされた。佐助の回りも、部下の忍びの周りも半径十五メートルほどには敵の姿がいなくなった。吹き飛ばされなかった敵兵も足がすくんで動けなくなっている。

……でかした佐助。お前たちの死は無駄にはせぬ……

真田幸村は黒馬の腹を蹴った。

「うぉ〜っ」

と腹のそこから声を出した。三〜四騎が幸村に続いて駆け出した。佐助と、部下の忍びたちが自爆して開けた空間がある。そこに吸い込まれるように真田幸村が馬を馳せる。

その勢いに正面の兵たちがさがった。

人垣を抜けた。

金の扇の馬印が左手に倒れている。数人の兵の向こうに床机に腰を下ろした大将がいる。鎧には三つ葉葵の家紋が……、家康だ……。

「真田左衛門佐信繁（幸村の本名）見参。大御所徳川家康殿とお見受けいたす。お命頂戴仕る」

と真田幸村は大音声を上げた。

「いかにも徳川家康じゃ。ようここまで攻め込まれた。見事じゃ」

と家康も大声で応じた。

家康は抜きはなった太刀を右手に持っていたが、床机からは立ち上がらなかった。既に齢七十歳を過ぎた老人である。合戦の指揮は取れても一対一の勝負などは息が続くわけがなかった。

家康の後ろからは、ふらつく足で本多正信が駆けつけながら、

「殿をお守りせよ、殿を守れぇ」

と叫んだ。

その声にはっと我に返った家康の近習の者たちが真田幸村に向けて駆け寄ってきた。

幸村はそれらを一人ずつ鑓で突き倒すと、

「いざ、お覚悟を」

と叫びながら、馬の上から家康に向けて真田幸村自慢の十文字鑓を繰り出した。

今生での最後の鑓、家康を貫き通せとばかり、幸村の命が乗り移ったような十文字鑓は家康のわき腹を深々と刺した。

「ならば、とどめをっ」

と、一旦鑓を抜いた時、周囲から家康の旗本衆が次から次へと押し寄せ真田幸村を家康から離してしまった。

今一度密集した敵を蹴散らして家康に接近する体力は既になかった。周囲から敵の鑓襖が迫ってくる。このままでは敵に退路まで断たれる。突撃しても、家康になど既に近づけぬ状況で、雑兵どもの鑓に倒れるのは必定だった。

……この十文字鑓で確かにわき腹を深々と刺し貫いた。然し、止めを刺してはおらん。首を取ってはおらん。無念、いかにも無念じゃがここで雑兵どもに討たれるは尚無念じゃ。已むを得ん、とにかく退きのこう……

真田幸村は馬の首を大坂城に向けて走り始めた。所々に真田の兵が数名ずつ固まって敵の攻撃をしのいでいた。

……真田は既に全滅寸前だな。皆ようやった……。

真田幸村は走りながら大声を上げた。

「大御所徳川家康を我が鑓で刺したぞ〜。皆の者、退きのけぇ〜」

それを聞いた真田の兵が、

「殿が家康を、お屋形様が家康を討ったぞ〜」

と叫んだ。

が、真田の兵は退きのくどころか真田幸村を逃れやすくするために周囲の徳川勢に対して駆け込んでは討たれていった。主君幸村を逃がすために命を捨てて時を稼ごうとしていたのだ。

その光景を見て幸村は馬を走らせながら、

「皆の者、この幸村のためにそこまで……。相済まぬ。この幸村、何度生まれ変っても決してそなたたちのことは忘れぬぞ」

と小さな声で呟いた。馬の揺れとはことなる揺れが幸村の肩に見えた。涙と涕が頬当ての中を流れた。顎を伝って喉元へも流れた。

安居天神の桜の木の下

真田幸村は茶臼山まで退いてきた。幸村に追いつき、従ってきたのは僅かに三騎だけだった。いずれも漸く馬に乗っているだけで既に気力、体力をなくしているのが一目瞭然だった。既に茶臼山辺りにも敵が押し戻してきていた。幸村主従は一心寺を越えて安居神社の境内に馬をとめた。遠くに軍勢の声が聞こえるが境内には敵兵の姿はなかった。旧暦の五月七日は桜の盛りである。安居神社の境内にも桜の大木があり、薄桃色の花が満開だった。馬を下りた真田幸村は力なく桜の大木に近づくと根元近くの石の上に腰を下ろした。そして冑を取った。白髪の混じった髪はザンバラとなり、汗と埃でごわごわに固まっていた。付いてきた三騎の武者も幸村の周りの石に腰をかけた。

「敵、徳川家康のわき腹を我が十文字鑓で刺し貫いた。首を打ち落とすことはかなわなんだが、間もなく息絶えることであろう。皆の助けによって本懐を遂げることができた。真田の兵法を世に示すことができた。厚く礼を申す」

幸村の声に反応していた武者の声が途中から聞こえなくなった。幸村が本懐を遂げたと聞いて、安堵の内に力尽き、そのまま死を迎えたのだ。

「これなるは、当安居神社の宮司でございます。当神社に古より良水を湧き出す井戸がございます。これをかんしずめの井戸と申します。この井戸の霊水を汲んでまいりましたのでお飲みいただければ……」

と、真っ白な袴を着けた宮司が手桶と柄杓をもって幸村に近づいてきた。

「これは、これは忝い。水を所望いたしても既に体が動き申さぬ。忝い。本懐を遂げた今、末期の水として霊水をいただけるとは、この幸村ほど幸せな者はござらぬ。ではいただき申す」

真田幸村は宮司から柄杓を受け取ると、霊水を飲んだ。汲んだばかりの霊水の冷たさと爽やかさが喉にしみた。更に一杯の水を飲んだ。

幸村は目を閉じた。

さぁっと一陣の風が吹いた。

その風に桜の花びらが散った。

幸村の肩にも桜の花びらがのった。

幸村の魂はその体を離れ、天に向かって上昇した。

宮司は深々と頭を下げた。

静寂な境内には桜の花びらが散り続けていた。

その静寂を破って越前兵が乱入してきた。西尾仁右衛門が真田幸村の魂の抜け殻に声をかけた。勿論返答はない。西尾は鑓を繰り出した。

そのとき宮司は真田幸村の魂が昇っていく天空を見詰めていた。


（完）

あとがき

織田信長は安土城を普請したときに天下を実質的に握ったと考えていた。その地位を揺るがす者は甲州の武田以外には考えられなかった。この武田を滅ぼすに当たっては盟友徳川家康の協力が必要だった。

然し、武田を滅ぼし去った後、真の天下人として日本国中を従えるためには盟友という名の者が持つ、支配できない国が存在することが許せなかった。

いよいよ、盟友徳川家康を滅ぼし、外様の大身である明智光秀を討ち果たすことが必要となった。然し、これに気がつかぬ徳川家康でも明智光秀でもなかった。同じく外様の荒木村重が二心など全く無いのにも拘らず、織田信長によって無理やり謀反の道へ入り込まされ、滅ぼされたのを間近に見てきた二人なのである。

京、堺見物中の徳川家康を亀山から中国に出陣する明智光秀に襲わせ、その明智勢を徳川家康の弔い合戦の振りをして中国より呼び戻した豊臣秀吉に攻めさせるとの織田信長の計画は見事だったが、信長の意図を読み取った家康と光秀は逆に本能寺で織田信長を殺した。

しかし、準備を整えていた豊臣秀吉の中国大返しにより、徳川家康が軍を率いて京に上る前に明智光秀軍は敗北してしまい、何と豊臣秀吉が織田信長の弔い合戦に勝った事になった。

ここまでは「かくて本能寺の変は起これり」（本書と同時発刊）に書いたとおりだ。

豊臣秀吉は『信長記』（信長公記と呼ばれているもの）を太田牛一に書かせた。然し、武田攻めから本能寺の変の前後に関しては意図的に記述を省いたと見られる箇所がある。たとえば本能寺の変の前夜に行われた茶会の記述がないのも不思議だ。

どうやら豊臣秀吉は自分に都合の悪いところを書かせなかったばかりでなく、世にある記録をも消し去った疑いが強い。公家の日記なども本能寺の変直後の部分に削除が多く見られる。真実を消そうとしたあとが随所に見えるのだ。

その豊臣秀吉は、小牧長久手の戦いに象徴されるように徳川家康の抹殺を望んでいた。それを知っていた徳川家康は豊臣秀吉からの招きを幾度となく断っている。お互いに秘密を知っていたと見て間違いないだろう。

根負けした豊臣秀吉は朝日姫を徳川家康に嫁として差し出し、後には母親さえも人質として浜松に送っている。そこにいたって徳川家康は豊臣秀吉の元に初めて伺候したのだ。この異常なほどの慎重さも二人の間に秘密が存在した証拠であろう。

徳川家康が稲葉家に嫁していた本能寺の変の立役者斎藤内蔵助の娘、福を無理やり離縁させ、傍に置き、ついに家光をもうけた執念は、斎藤内蔵助の血筋を徳川将軍家に残すという家康の恐らくは約束に基く行動であったのであろう。また、お福を離縁した稲葉は小田原城主になるなど異例の出世を遂げている。

逆に、織田信長の血を引くお江与（将軍秀忠の正室）の子、国松を世継ぎとはさせなかったところにも徳川家康の反織田の意識が表れている。甲州攻めまでの織田、徳川同盟時代には考えられないことだ。それまでの家康の律儀さの相手は織田信長だったが、本能寺の変から後は明智光秀と斎藤内蔵助に変っている。

文禄慶長の役と言われた朝鮮出兵の際も徳川家康は九州の名護屋に入ったがついに海を渡ることはなかった。そのために財力と兵力の損耗を防ぐことができた。

関が原の戦いに石田三成を誘い、西軍を滅ぼし、それからは一気に豊臣家の滅亡に向けて走った。京の方廣寺の鐘銘への難癖や、大坂冬の陣での和議に違反しての堀埋めなどのなりふり構わぬ振る舞いは長年抑えてきた豊臣秀吉への恨みの存在を暗示する。

さて、大坂夏の陣で、真田幸村は徳川家康を鑓で刺し貫いた。逃げに逃げた家康は堺の南宗寺で落命する。

南宗寺の開山堂に真っ直ぐ続く参拝のための回廊の存在、開山堂あとの無銘の塔の存在、礎石に刻まれた幕末の剣豪、山岡鉄太郎の「無銘の塔　家康に　観自在を諾す」の文、東照宮の存在、家光と秀忠の参拝、堺奉行の参拝などなど家康終焉地を示す証拠は多い。

更に元和二年四月十七日に亡くなった徳川家康の遺骸が何の葬儀もなくその日のうちに久能山に葬られたこともその家康が影武者であったことを示しているようだ。

翻って、真田幸村は「日本一の兵法者」と賛美された。その勇猛果敢且つ緻密な兵法が際立っていた証拠だ。そして真田幸村の娘は伊達家第一の家臣片倉家に嫁入りする。何と真田家と戦った片倉家、即ち伊達家中に六文銭の旗印が受け継がれたのである。

徳川家も表立っては言えなかった大坂夏の陣のクライマックス、真田幸村の十文字鑓が徳川家康のわき腹を刺し貫いた場面を描きたかった。

そして真田幸村の魂は本懐を遂げた満足感とともに肉体を離れ天に昇った。越前の西尾仁右衛門が鑓で突いたのは真田幸村の抜け殻だったのだ。

武士らしい武士はこの真田幸村が最後なのかもしれない。大坂の安居神社に一度はもうで て真田幸村終焉の地を見て欲しい。望むらくは旧暦五月七日の桜の季節に。

この小説を書くに当たって我が曽祖父、小野清が著した『大坂城誌』がとても役に立った。インターネットのない時代、これらの資料、文献を入手するのはそれこそ至難の事だったと思う。我が家に伝わった多くの刀がその礼に使われたという。東京は台東区（旧下谷区）根岸に在って、岡倉から嫁に来た富貴と、後には後妻として伊達伯爵（殿様）の媒酌で仙台味噌の安斉家から来た蔵と、まさに赤貧洗うがごとき生活だったと聞く。時の総理大臣が斉藤実という伊達藩以来の友人であったり、大槻文彦を始めとした多くの人々の応援があって出版できたらしい。

まさに、曽祖父の声に押される思いで書いた作品である。

平成二十三年

園田　豪

著者プロフィール

一九四八年静岡県生まれ。

伊達政宗公以来の伊達藩士の家系であり、岡倉天心の姪を曾祖母に持つ。曾祖父は「徳川制度史料」、「大阪城誌」、「天文要覧」などの著者。

東京大学大学院理学系研究科修士。一九七三年石油会社に入社し、サハリンの「チャイヴォ」、「オドプト」油・ガス田の発見・評価や中東オマーンの「ダリール」油田の評価・開発に携わった石油開発専門家。東京大学の資源工学部の講師として「石油地質」を教えたこともある。

種々雑多な情報の中から有意の情報を摘出・総合して油田を探し当てる情報分析の手法を用いて、また漢文読解力、古文書解読力などを駆使して日本の古代史の謎ときに力を注いでいる。

石油開発会社を早期退職して著述の道に転身したのは、明治時代に内務省を辞して赤貧のうちに著述一筋に生きた曾祖父の生き方に似る。

なお、著書には「グッダイパース」（郁朋社）などオーストラリア紀行三部作、「魅惑のふるさと紀行」（経済産業省、ウエブ作品）、アクション小説「オホーツクの鯱」「白きバイカル」、古代小説「太安万侶の暗号—日輪《アワ》きらめく神代王朝物語—」「太安万侶の暗号㈡—神は我に祟らんとするか—」などがある。

真田《さなだ》幸村《ゆきむら》 見参《けんざん》！

2011年11月9日 第1刷発行

著 者 ── 園田《そのだ》 豪《ごう》

発行者 ── 佐藤 聡

発行所 ── 株式会社 郁朋社《いくほうしゃ》

〒101-0061 東京都千代田区三崎町2-20-4
電 話 03（3234）8923（代表）
FAX 03（3234）3948
振 替 00160-5-100328

印刷・製本 ── 壮光舎印刷株式会社

落丁、乱丁本はお取り替え致します。

郁朋社ホームページアドレス http://www.ikuhousha.com
この本に関するご意見・ご感想をメールでお寄せいただく際は、
comment@ikuhousha.com までお願い致します。

 ISBN978-4-87302-506-3 C0093